KB215592

다시 만날 것처럼 헤어졌다

김효선 글

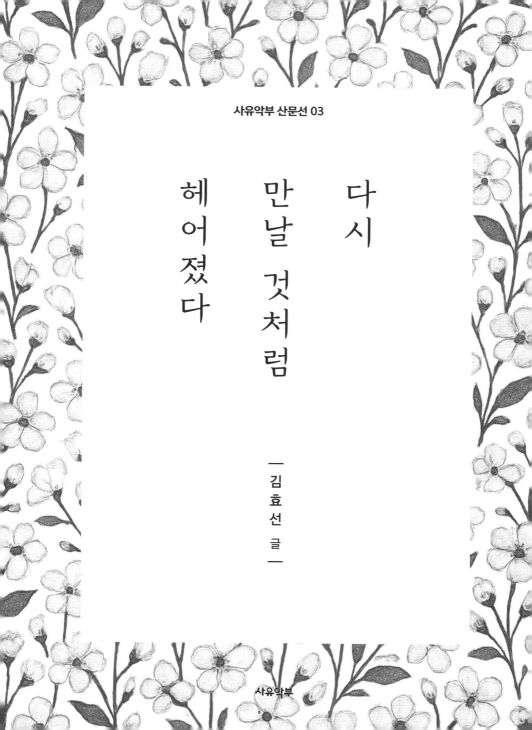

사유악부 산문선 03

다시
만날 것처럼
헤어졌다

— 김효선 글 —

사유악부

●
차
례

1부 이미 놓쳐버린 사람이 다시 온 것처럼

2부 어느 한 귀퉁이가
쓸쓸하고 아름다운 이름

3부 아무도 오지 않아서
아무를 생각할 수 있는 시간

이미 놓쳐버린 사람이

다시 온 것처럼

물론愉, ㅡ

어떤 소리가 멈추지 않는다. 아예 자기 쪽으로 끌어들여 옴짝달싹 못 하게 만든다. 빠져나올 수 없게 리듬을 만들고 운율을 반복한다. 그런 밤은 계속되었다. 잠시 리듬이 끊긴 사이 날이 어슴푸레 밝았다. 빗소리였는지 죽은 사람의 허밍이었는지 꿈은 부지불식간에 나타났다 사라진다. 욱신거리는 육체와 뻣뻣해지는 관절에서 시작되는 아침, 태양은 짧은 임무를 마치고 재빨리 돌아선다. 몸을 일으키면 낡은 침대도 함께 삐걱거린다. 수명壽命이라는 말 속에 '수'는 분명 목숨을 뜻하는 말이겠지만 어쩐지 수명水命으로 읽히기도 한다. 물길이 끊겨져 생명이 다한다는 말처럼. 내 몸에 수분은 이제 몇 퍼센트쯤 남아 있을까. 점점 물길이 약해지고 부유물이 쌓인다고 느끼는 건 나이 탓일까.

불혹을 넘기면서 관계는 점점 예기치 않은 방향으로 흘러갔다. 아무것도 하지 않으면 아무 일도 생기지 않는다는 말. 그러니까 액면 그대로 받아들였어야 했다. 이 말의 진짜 속내는 빈둥거리지 말고, 뭐라도 해야 인생이 바뀐다는 말이지만. 불혹을 넘기면서 아무것도 하지 않는 것이 오히려 불행이 뒤따르지 않는 일이 아닐까 하는 생각이 든다. 웅덩이가 늪으로 변하는 건 순식간이었다. 다름을 인정하는 것과 그 다름이 폐부 깊숙한 곳까지 침범하는 건 다른 일이었다. 다름은 성향이 차이지 인성과 도덕의 차이는 아니니까. 어쨌든 그런 상황들이 쌓이면서 결국엔 그 진창으로 끌고 들어간 사람이 나라는 걸 알게 된다. 그런 관계는 후회의 덫으로 남아 자꾸 발목을 접질린다.

인간도 물의 속성을 지니고 있어 물길을 따라 어떤 관계의 물꼬를 틔우고 어떤 목적을 향해 나아간다. 하지만 물길을 가로막는 돌멩이와 흙더미, 낙엽들, 때로 커다란 바위나 쓰레기들은 곳곳에 잠복해 있다. 자신의 몸집보다 큰 것들을 뚫고 나가야 강이든 바다든 닿을 수 있다. 인간관계에서 불협화음은 물길을 막고 물꼬를 전전긍긍하게 만든다. 너와 나의 다름을 인정한다고 해도 순도 100%의 물은 없는 것처럼. 이물질을 견디지 못하는 물은 금방 흙탕물이 되고 진창이 되어 폐수로 변한다. 폐수는 그 자체로 증발할 때까지 쓸모가 없어진다. 관계는 툭 끊어진다.

한때 모든 길은 로마로 통했다. 세상을 지배하는 힘이 그곳에 몰려있다는 말이기도 하다. 물은 문명을 일으켜 세운 일등 공신이다. 문명의 탄생과 더불어 물을 다스리는 힘이 나라의 흥망성쇠를 좌우했다. 삶의 속도는 인공물길을 따라 빠르게 변했고 삶의 규모는 포화 상태가 되었다. 다리가 생기고 증기기관차가 움직이고 우리는 어디든 갈 수 있게 되었다. 그러나

다시 만날 것처럼 헤어졌다

행복의 속도는 문명에 반비례했다. 가진 자와 못 가진 자의 속도는 다를 수밖에 없다. 나라 간, 사회 간, 개인 간의 차이는 극명해진다. 여전히 물 부족 국가들이 존재하고 물이 풍부해도 환경오염으로 인해 물은 점점 더 빠르게 오염에 노출되고 있다. 이제 물길은 자신도 어디로 어떻게 흘러가야 할지 모른다. 물의 생각까지 읽어버리는 인간이 그 길을 지배하고 있기 때문이다. 물은 이제 가야 할 길을 잃었다. 생명을 갖고 있다는 것 자체가 자신의 의지대로 할 수 있는 일이 많지 않다는 걸까. 새삼 생명의 용도에 대해 생각하게 된다.

처음 집에 수도가 들어왔을 때가 생각난다. 그전에는 마을 공동 수도에서 물을 길어다 먹었다. 빨래나 다른 잡다한 것들은 마을 주변에 용천수가 흐르는 곳에 가서 해결했다. 어둑해질 무렵이면 아이들은 옷을 벗고 목욕하기도 했다. 80년대만 해도 비가 오면 마을에 물길이 흘러내리는 개울이나 하천이 많았다. 마을 사랑방이나 마찬가지였다. 모든 소문의 진원지이면서 때론 파장하는 시장처럼 을씨년스럽기도 했다. 쌓인 오해의 부유물들은 장대비가 쏟아지고 나면 흔적도 없이 지워졌다. 그때부터였다. 내가 물을 좋아하게 된 건. 흐르는 물에 손을 담그고 있으면 마음이 편안해졌다. 가난한 생각들이 하나씩 씻겨 나갔다.

햇빛은 자주 물속을 드나들며 목을 축이곤 했다. 일렁이는 햇빛을 주무르며 빨래했다. 찰랑찰랑 물 넘기는 소리가 귀까지 씻겨줬다. 한여름 차가운 물에 손을 넣으면 물은 금세 손을 길들인다. 물의 결이 손 사이로 빠져나가며 만들어내는 촉감은 어떤 옷감보다 부드럽다. 물에서 빠져나와야 하지만 물은 좀처럼 손을 놓아주지 않는다. 겨우 손을 털고 집으로 돌아와 빨랫줄에 빨래를 탁탁 널고 한참 멍하니 앉아 있다. 빨래와 바람이 함께 허공을 거니는 자유로움, 시간은 여기서 멈춰도 좋았다. 그 청결함, 그 자유로움, 그 가벼움이 모든 생각을 멈추게 했다. 집에 수도가 설치되었지만 빨래는 한동안 용천수가 콸콸 쏟아지는 속칭 '구명물'이라 부르는 곳에 가서 했다. 목숨을 구하는 물이라니. 지금도 그 순정하고 찰랑거리던 물빛이 눈에 아슴아슴 어린다.

시간은 사람들을 점점 편안함으로 길들였다. 용천수까지 걸어가는 수고로움을 피했고 집 안에서 대부분의 일을 해결했다. 그러는 사이 물길은 점점 말랐다. 왜 그토록 콸콸 흐르던 물이 갑자기 메말라 버린 걸까. 물길도 사람 손을 타는 것일까. 사람이 살지 않는 집은 금방 폐허가 되어 녹슬어 가는 것처럼. 말라버린 물은 다 어디로 가버린 걸까. 보이지 않을 뿐 물은 또 어디론가 자신이 필요한 곳을 찾아 흐르고 있을 거라는 생각이 들었다.

모두가 옳고 아무도 옳지 않다

제주에는 곶자왈이라고 부르는 곳이 많다. 곶자왈은 가시덤불을 뜻하는 '자왈'과 나무숲을 이르는 '곶'이 합쳐진 말이다. 이곳에는 주로 용암류로 뒤덮여 있으며 그 틈에서 자란 나무들이 숲을 이룬 형태다. 나무가 자란다는 것은 그 아래 물길이 흐르고 있다는 말이다. 뿌리가 한곳에 정착하기 위해서는 인내와 시간이 필수다. 이동 생활에 종지부를 찍고 여기서 생을 마감하겠다는 의지다. 우리도 그렇게 집을 짓고 살아가는 거겠지. 뿌리는 자신이 어디까지 뻗어갈지 모른 채 살아간다.

1860년대 수에즈 운하를 건설하기 위해 처음 땅을 팠을 때 아주 먼 지역까지 뻗어 나간 뿌리를 발견했다고 한다. 아카시아다. 긴 세월 그 뿌리를 내리기 위해 흙과 바위를 움직여 종족을 유지한 아카시아다. 하지만 문명이라는 이름에 여지없이 무너지고 만다. 문명과 생명의 관계에 운명이 끼어든다. 문명이 생사를 결정한다는 사실은 오랫동안 억압과 착취의 결과물이었다. 물은 생명을 쥐고 있다. 물 없이 살 수 있는 것이 있을까. 우리가 다른 행성에서 살 수 있을까 하고 기웃거리는 것 역시 물의 유무를 살피는 일이다. 그러니 물은 지독하다. 그 단단한 바위도 물이 없으면 갈라지고 부서진다. 물은 고이면 썩어서 오염된다. 콜레라로 수만 명이 목숨을 잃은 원인도 오염된 물에 있었다. 인간의 도덕성이 무너지면 물의 도덕성도 무너진다. 인간을 덮치는 악재의 원인은 물길을 막는 인간에게 있다는 말이다.

눈 뜨면 제일 먼저 베란다에서 밤새 자란 식물들과 눈 맞춤한다. 물을 마시면서 물뿌리개에 물을 담아 화분에도 뿌려준다. 아침은 그렇게 시작된다. 흙은 금방 물을 빨아들이고 잎에도 생기가 돈다. 올해는 나무들이 너무 빨리 자라 좀 무섭다. 무엇이 이 식물들의 경쟁을 부추기는 걸까. 욕망은 살아남기 위한 모든 생명체의 조건인가. 인류를 만든 것도 지구를 돌리는 힘도 물이다. 어쩌면 태양과 달마저 물의 부속품인지 모른다. 액체와 고체와 기체 상태로 변화하며 인간의 무지에 혹은 욕망에 맞서기도 한다. 때론 부드럽게 때론 거칠게 인간을 길들인다. 모든 귀가 잠들어 있을 때 똑똑 떨어지는 물소리. 그건 어떤 계시처럼 지구의 귀로 흘러 들어가는지도 모른다. 살아남기 위해 존재하는 모든 것들은 이미지를 가지고 그 이미지는 나르시시즘을 낳기도 한다. 자신을 파멸에 이르게 하는. 그 파멸을 경고하는 이야기 역시 물에서 시작된다.

백수 광부와 그의 처 이야기 '공무도하가'의 끝에는 절망이 있다. 절망이 공후를 타고 흐른다. 물은 인간의 절망과 맞닿아 있다. 절망의 최전방으로 물을 선택하는 사람들이 늘고 있다. 깊숙한 곳까지 걸어가는 것보다 차를 타고 그대로 바다로 떨어지는 것이다. 그렇다면 죽음의 고통이 덜할까. 자살의 가장 큰 원인은 대부분 경제적인 어려움이다. 한 생을 사는 일이 이렇게도 버거운 일인지.

영화 〈부력〉에서 주인공 열네 살 차크라 역시 캄보디아의 가난한 집에서 태어났다. 공부는커녕 집안일에 시달리다 인생이 끝날 것 같아 돈을 벌기 위해 태국으로 떠난다. 하지만 일자리를 얻으려면 중개인에게 돈을 내야 하는데 줄 돈이 없어 불법 어선에서 강제로 고기 잡는 일을 하게 된다. 그곳은 지독한 노동착취의 현장이었고, 결국 버티지 못한 사람들은 죽음으로 마무리되었다. 그런 환경에서 자신도 죽을 수 있다고 생각한 차크라는 어리다고 무시하는 동료를 죽이고 선장까지 죽인 뒤 돈을 훔쳐 배에서 탈출한다. 부력은 무게와의 상관성에서 비중이 물보다 작은 물체일 경우 물 위로 떠오르게 하는 힘이다. 소년이 배 밖으로 탈출할 수 있도록 만든 힘은 어디서 나온 걸까. 어른들의 욕망을 답습하는 일에서 벗어나지 못한, 혹은 벗어나려고 몸부림친 결과물일까. 여전히 가난은 계속되고 아이들은 노동착취의 현장으로 끌려간다. 물은 부력에 의해 떠오르게도 하지만 가라앉기도 한다. 그 힘의 경계에 욕망이 있다. 물은 조용히 그 욕망의 머리채를 끌고 들어간다. 그리고 천천히 분해해서 삼켜버린다. 아무도 모르게.

떠내려간다. 비가 억수같이 쏟아져 내린 날이었다. 돼지가 떠내려가고 염소가 떠내려가고 가전 도구들이 떠내려갔다. 떠내려가는데 '어. 어' 하면서도 잡지 못한다. 물을 퍼낼 수도 없었다. 마당이고 골목이고 다 물바다였다. 어디서 어디로 물을 퍼낼 수 없는 상황이었다. 비가 그치자 언제 그랬냐는 듯 물은 순식간에 증발했다. 땅속으로 스며든 것이다. 여름에 흔히 있는 일이었다. 그 여름이 몇 번 지나고 세상은 변했다. 이전처럼 동네가 물에 잠기는 일은 없었다. 배수시설을 정비한 것이다. 다 젖지 못하고 흘러가지 못한 눅눅한 기운들이 오히려 여름을 망쳤다. 물도 야생이라는 사실을 잊은 것이다.

　목이 마르다 여전히. 갈증을 느낀다는 건 아직 살아있다는 증거. 더 이상 몸이 물을 찾지 않게 되면 존재는 희미해진다. 물이 인간을 지배하는 방식이다. 때마침 바람이 분다. 물은 또 우리 곁을 떠날 생각을 한다. 젖고 마르고를 반복하는 동안 문명은 더욱 강하게 살아남아 우리를 위협한다. 아무렇지 않게 물길을 끊어놓고 뿌리째 나무를 뽑는다. 어쩌면 우리는 우리를 망치는 일에 최대한 골몰하고 있는지도 모른다.

불 _

아궁이 앞에 앉는 걸 좋아했다. 정확하게 말
하면 활활 타오르는 불길 앞에 앉아 있는 걸 좋아했다. 어릴 적 부엌은 흙
바닥이었고 솥단지 세 개가 가지런히 놓여 있었다. 한 편엔 아궁이에 불을
지펴 줄 땔감이 쌓여 있는 구조다. 작고 아담한 부엌이 오히려 마음에 들
었다. 제주 사투리로 '오소록 하다'라는 말이 있는데 구석진 곳을 이르는
말이기도 하다. 오롯이 나만의 생각이 머무는 장소라는 생각에 '오소록 하
다'는 단어를 좋아한다. 물론 그 의미만을 지칭하지는 않는다. 어딘가 음
침한 구석이 있다는 뜻으로 쓰이기도 한다. 하지만 난 그저 사방이 막힌
혼자만의 공간으로 읽는다. 물론 아궁이를 좋아하는 일은 꽤 피곤한 일이
기도 하다. 밭일이 끝난 휴지기에 접어들면 땔감을 하러 들에 나가야 하는
수고로움을 견뎌야 하기 때문이다. 불쏘시개로 쓸 솔잎을 쇠스랑으로 긁
어 자루에 담고 부러진 나뭇가지를 주워 차곡차곡 쌓아 등짐을 만든다. 겨

울이 시작되었다는 신호다.

불은 그러나 결코 호락호락한 물질이 아니다. 어릴 적 시골에선 아이들이 호기심으로 불장난을 일삼아 거름으로 쓸 보리 짚단을 태워버리거나 창고를 홀랑 태워버리는 일도 간간이 있었다. 불장난 하면 오줌을 싼다는 말을 믿었던 나이였지만 아이들은 불장난을 멈추지 않았다. 불 만큼 시선을 끌 확실한 놀이가 없다는 듯. 집에서 야단을 맞거나 싸움이 있을 때도 불을 질렀다. 안을 다스리지 못해 화가 밖으로 튀어 나간 것이다. 불이 날 때마다 동네 사람들은 바가지 통에 물을 담아와서 불을 껐다. 새까만 잿더미만 남아 여기저기 한숨과 혀를 차는 소리가 끊이지 않았다. 심증은 가지만 물증이 없어 소문만 무성한 불씨였다.

한 번은 동생이 헛간에 쌓아둔 보리 짚단에 불을 질렀다. 가난은 늘 배가 고팠고 화가 나 있었기에. 일을 내고 집을 뛰쳐나갈 속셈이었다고 했다. 물론 다 태울 생각은 아니었다. 그런데 순식간에 불은 번지고 헛간은 엉망이 되었다. 자신도 충격을 받았는지 그 자리에 털썩 주저앉아 버렸다. 그 후론 말을 잃었고 잠잠해졌다. 불이 가진 힘을 그때 알았는지 회오리치던 마음이 순식간에 가라앉은 것이다. 폭풍이 지나간 뒤 고요에 휩싸인 정적처럼. 어떤 사건은 트라우마처럼 내내 침묵으로 말하는 법을 익힌다.

마른 솔잎과 잔 나뭇가지들을 넣고 아궁이에 불을 지핀다. 불이 천천히 옮겨붙기 시작하면 장작을 집어넣는다. 그리곤 기다린다. 불이 스스로 힘을 가질 때까지. 잠깐 자리를 떴다가는 불씨는 힘을 잃고 꺼져버린다. 그 앞을 지키고 앉아 있을 때 불은 온전히 자신이 가진 힘을 보여준다. 어쩌면 천천히 지켜보면서 스스로 일어설 때까지 기다리는 것. 어른이 해야 할 일이다. 한 발 한 발 내딛기조차 힘든 아이에게 달리기를 시킨다는 건 존재를 부정하는 일이다. 존재의 본질을 깨닫기까지 우리는 많은 고통과 상처를 견뎌야 한다. 그런데도 존재를 부정하는 방식으로 생명을 길들이는 사람들이 있다. 태어났다는 것만으로도 축복일 수 있을까. 축복은 살면서 스스로 느끼는 것이지 결코 강요로 이루어지는 것이 아니다.

　삶은 천국과 지옥을 곁에 두는 일이다. 천국은 쉽게 문을 열지 않지만, 지옥은 한 발만 내밀어도 문을 열어젖힐 준비를 하고 있다. 마음이 지옥을 만든다지만 끊임없이 관계를 강요하는 사회에서 지옥을 피하기는 쉽지 않다.

지옥의 두 얼굴

　활활 타오르는 아궁이 속에 책가방을 막 집어넣으려던 참이다. 어쩔 줄 몰라 발만 동동 구르면서 터져 나오는 울음을 억지로 삼키는 중이다. 나는 왜 이 순간을 뇌리에서 지우지 못하는 걸까. 뜨겁게 타오르던 불 앞에서 얼음처럼 꽝꽝 얼어버렸던 기억. 어떤 말도 꺼내기 힘든 관계. 무서워서 뒷걸음질만 치다 결국 화를 자초하고 말았다. 어차피 돌아오는 건 신경질적인 화밖에 없다는 걸 알기에. 아무것도 요구할 수 없었던 시절이다. 가난은 마음을 병들게 한다. 그 어떤 순간에도 웃을 줄 모른다. 칭찬도 할 줄 모른다. 화로 똘똘 뭉친 가난. 그래서 무서웠다. 가난이.

　아주 오랜 시간이 흘렀지만, 나쁜 기억은 잘 지워지지 않는다. 흠집 난 물건처럼. 상처를 준 사람은 자신의 행동을 기억하지 못한다. 아니 기억하지 않는다. 상처받은 사람만이 상처에서 빠져나오지 못하고 헤매기 일쑤다. 기억을 상기시켜 준다고 해도 그 상황을 아주 쉽게 치부해 버린다. '뭐 그까짓 것 같고 그러냐'고 '별걸 다 기억한다'라고. 자신만의 카르텔에 사로잡힌 채 상대방이 겪었을 고통이나 아픔은 아주 하찮게 취급해버린다. '다 지난 일'을 가지고 트집을 잡는다며 도리어 화를 낸다. 때린 사람은 없고 맞은 사람만 억울한 상황이다. 지옥을 벗어나려고 해도 느닷없이 나타나 괴롭힌다. 세상에서 가장 어려운 일은 과거의 잘못을 사과하는 일일지도 모른다.

지옥에서 벗어나기 위해 노력을 안 한 건 아니다. 책도 읽어보고 명상도 해 보고 숲도 걸어보고 글로 배설하기도 한다. 사람들은 말한다. '그래 봤자 너만 힘들어. 빨리 벗어나'라고. 충분한 시간도 사과도 없이 당사자 스스로 해결해야 할 일이라고. 누가 모르나. 제일 답답한 건 당사자다. 지옥에서 벗어나려고 얼마나 몸부림쳤는지 모른다. 너무 쉽게 빨리 상황을 종결해 버리고 싶은 사람들. 감당하고 감당해 내려고 하다가도 무너지는 마음을 누가 알까.

세상은 부당한 이유와 부당한 고통 속에서도 굴러간다. 시간이 지나면 누구의 잘못도 아니라는 듯. 세월호 참사나 이태원 참사도 마찬가지다. 시간이 꽤 흘렀지만, 여전히 고통받는 사람들이 있다. 고통이 줄어들지 않는 사람들이 있다. 그들에게 왜 고통을 부여잡고 있느냐고 왜 빠져나오지 못하냐고 언제 적 일이냐고 그런 말들을 하는 사람들이 있다. 당해보지 않고는 모르는 고통도 있는 법이다. 시간이 흘러도 아니 흐를수록 곪는 상처도 있는 법이다. 자신의 기준에 상대를 맞추려는 순간 관계는 흔들리고 무너진다. 혼자 감당해야 할 몫이라고 해도 섣부른 충고를 던질 이유는 없다. 그저 아무 말 없이 어깨를 토닥거리거나 안아주는 것만이 전부일 때도 있는 것처럼.

요즘은 캠핑 문화가 붐이다. 캠핑하면서 불멍을 즐기는 것이 최고의 힐링이라고도 한다. 어쩌면 가장 원초적인 삶의 방식이 인간에겐 최적의 환경일지도 모른다. 생로병사가 고스란히 녹아 눈앞에 가시적인 빛을 발할 때 본질은 드러난다. 우린 모두 그런 순간들을 갈망하고 기다렸다는 듯이.

살아가는 매 순간 놓친 그 무언가를 알기 위해. 정작 우리는 자신의 존재조차 놓치고 사는 경우가 많으니까. 불 앞에 서 있는 가여운 존재를 다시 사랑하기 위해.

다시 아궁이에 불을 때고 싶다. 타닥타닥 장작이 불꽃에 타드는 소리를 들으며 무아지경에 빠지고 싶다. 큰 솥단지에 고구마를 넣고 모락모락 익어가는 냄새에 취하고 싶다. 노을처럼 불그레해진 얼굴로 끊임없이 나에게로 타들어 가고 싶다.

흙 _

언제부턴가 봄을 기다리는 이유에 쑥이 들어 있다. '쑥'이라고 하니 뭔가 쑥 올라올 것 같은 자세다. 그 쑥이 뭐라고 나는 이 봄을 기다릴까. 기온이 올라가면서 햇살이 물큰해지자 급한 마음에 쑥을 찾아 나섰다. 햇볕 잘 드는 곳을 골라 눈에 힘을 줘 보지만 아직 파릇한 목덜미는 보이지 않았다. 눈동자가 땅에 닿을 만큼 허리를 구부려 주위를 살피고 있었다. 무슨 보물이라도 찾는 것처럼. 그때 어디서 나타났는지 고양이 한 마리가 나를 향해 야옹거리며 걸어오는 것이 아닌가. 덩치가 꽤 컸다. 나는 너무 놀라 엉덩방아를 찧고 말았다. 놀라서 지른 소리에 고양이도 걸음을 주춤하더니 그 자리에서 멈춰 섰다. 그러더니 그 자리에 벌러덩 드러누워 버리는 것이 아닌가. 도대체 나보고 어쩌라는 말이지? 배가 고파서 그런가 하고 마침 가방 안에 있던 과자를 던져주었다. 그런데 먹지도 않고 계속 가냘픈 소리로(그렇게 들렸다) 야옹거리기만 했다. 동물의 털을 한 번도 쓰다듬어본 적 없는 내가 그 소리를 알아들을 리 없다.

낯선 세계와의 조우는 내겐 참 어려운 일이다. 몸이 먼저 반응하는 어떤 두려움으로 닫아버린 세계다. 가슴이 더욱 철렁 내려앉은 건 고양이라기보다 살쾡이에 가까웠기 때문이다. 얼굴 생김새가 어딘지 좀 달라 보였다. 나는 참 아이러니하게도 동물에게 가까이 다가가지도 못하면서 동물 다큐멘터리를 즐겨본다. 현실에서는 다가가기 힘든 존재지만 어느 정도 거리를 둔다면 비현실적으로 느껴진다. 그들의 세계는 보면 볼수록 꽤 신비롭고 흥미진진했다. 쫓고 쫓기는 먹이사슬의 관계. 흙에서 뒹굴고 땅속에 숨고 결국 다른 동물들의 먹잇감으로 덩그러니 남겨졌다가 자연스레 흙으로 스며든다. 여전히 문명과 상관없는 원시의 태도다. 현실을 똑바로 마주하기 힘들 때 비현실적 태도는 회피라기보다 오히려 자기방어에 가깝다. 두려움에서 벗어나기 위해 애쓰는 몸부림 같은.

하필 고양이는 왜 내 주변에 와서 누워 있는 걸까. 내가 쓰다듬어주길 바라기라도 하는 걸까. 나는 좀 멀찍이 떨어져 땅에 코를 박고 애써 모른 척했다. 그때 마침 산책을 나온 부부가 고양이를 발견하고는 말을 걸며 다가갔다. 여자는 고양이 털을 빗질하듯 쓰다듬으며 아이 다루듯 계속 대화를 했다. 고양이는 그때마다 야옹야옹하며 배를 뒤집고 흙바닥에 뒹굴었다. 좋아서 그러는 건지 어떤 건지 나는 알 수 없었다. 여자는 아예 산책을 포기한 사람 같았다. 고양이와 대화를 나누며 연신 웃었다. 남편에게 계속 '조금만, 조금만' 하면서 고양이 곁을 떠나지 못했다. 고양이는 거의 이장희 시인의 '봄은 고양이로소이다'의 흡족한 표정으로 뒹굴었다. 온몸에 흙을 묻히며 뒹구는 고양이와 그 땅에서 얼굴을 밀어 올리려는 쑥. 운동화에 흙을 묻히며 가볍게 걸어가는 사람들. 하나의 그림을 완성하는 가장 중요한 바탕은 흙이었다. 흙빛과 어우러져 마냥 선해지는 눈빛들. 풍경에 녹아드는 마음이 이런 걸까. 그 흙을 뒤집으면 굼벵이도 나오고 지렁이도 나오고 온갖 꿈틀거리는 생명이 그 안에서 살고 있다. 불현듯 흙은 어떤 얼굴도 함부로 내치지 않는다는 생각이 들었다.

숨을 쉰다는 말은 호흡한다는 말이다. 모든 생명을 비롯해 사물까지도 안과 밖을 드나든다는 말이다. 흙으로 만든 도자기나 그릇, 옹기는 숨을 쉬기에 오래 보관해도 싱싱하다. 그러니까 흙은 숨 쉰다는 말이다. 흙에 관한 지질학적 이야기가 아니다. 숨 쉬는 일은 살아있다는 표시고 이 땅에 존재한다는 말이다. 내딛는 걸음마다 한 사람의, 한 생명의 존재 이유가 묻어있다. 물론 같은 환경의 흙에서 자랐다고 해서 또 같은 형태의 결과물이 나오는 것은 아니다. 거기엔 알 수 없는 다양한 기운들이 모여 서로의 운명을 바꿔놓기도 한다. 쑥을 캐려다 쑥 올라오는 다른 길에 빠져들고 말았다. 쑥은 그냥 딸려오는 것이 아니라 흙과 함께 딸려온다. 존재하는 이유에 묻어있는 흙. 양지바른 곳을 찾아다니는 존재의 야옹은 어쩌면 관계의 물음일지도 모른다는 생각이 들었다.

내가 빚는 내 얼굴로 사라지기

한때 금수저니, 흙수저니 하는 말이 유행했다. 지금은 또 다양한 수저들이 즐비하게 늘어서 있다. 환경과 상황에 맞춰서 만들어낸 신조어들이다. 흙수저라는 말을 처음 들었을 때 열심히 청소하는데 보지도 않고 청소하라고 윽박지르는 말 같아서 빗자루를 내던지고 문을 쾅 닫아버렸다. 이미 충분히 알고 있는데, 그래서 몸부림치고 있는데 거기다 대 놓고 너는 절대 흙수저를 벗어날 수 없다고 못 박는 것 같아서. 인간이 탄생한 이래 신분이라는 계층구조는 사라진 적이 없다. 법적으로 신분 철폐를 했다고 해서 없어진 게 아니다. 암묵적으로 은밀하게 공공연히 수면 아래서 때를 노릴 뿐이다. 입 밖으로 드러내지 않을 뿐 우리는 그런 사회에 살고 있다는 걸 안다. 권력을 가진 자는 그걸 드러내기 위해 더 높은 곳으로 올라가려 하고, 가진 게 없는 사람들은 그걸 감추기 위해 물 밑에서 쉴 새 없이 발버둥친다. 흙 속에 숨겨진 진주를 찾아내기까지 얼마나 많은 눈물이 땅을 적셔야 하는지 알기 때문이다.

생존과 약육강식으로 얼룩진 지구의 민낯을 처음 본 사람은 누구였을까. 그 첫 발자국을 짐작할 수 있는 곳이 제주에 있다. 안덕면 사계리 일대와 대정읍 바닷가에서 사람 발자국 화석과 동물 발자국 화석이 발견되었다고 한다. 약 1만 5천 년 전에 형성된 것으로 알려져 있는데 해안가에 쌓인 응회암질 쇄실성 퇴적층이다. 세계적으로도 사람 발자국과 동물 발자국이 함께 나타난 경우는 거의 없다고 알려져 있다. 보행 흔적이 뚜렷하게 나타나 있어 그 가치가 매우 높다. 그러니까 처음 인간이 내딛게 된 땅은 보드라운 흙이 아니었다. 물론 우리가 만지는 부드러운 흙이 되기까지 여러 단계를 거치고 물, 바람, 공기 등등 다양한 물질들이 한데 섞여 흙이라는 물질이 탄생했다는 과학적인 사실을 모르는 이는 거의 없다. 흙이 되지 못하고 석회질의 지층으로 남는다거나 암반 형태로 굳어지는 상태. 푹 팬 발자국이 화석처럼 굳어진 데에는 뭔가 신비로움이 발동한다. 질퍽한 회반죽에 발을 담갔을 때의 느낌이 피부로 스며들어 왠지 모를 난처함이 뒤따른다.

이 낯선 환경에 적응하기 위한 그들의 삶이 선사시대의 한 장면처럼 떠오른다. 오스트랄로피테쿠스에서 호모사피엔스로 진화하기 위해 벌였던 생존의 현장. 그렇게 진화는 인간과 환경의 만남으로 시작되었다. 지금 우리는 먼 훗날 어떤 흔적으로 존재할까. 보이지 않는 망과 망으로 연결된 기계와 밀접한 세상에 사는 우리는, 녹이 슨 채 버려지고 바닥에 뒹구는 어떤 얼굴들이 겹치는 건 그저 기우에 불과한 걸까. 흙이 품지 못하는 떠돌이 화석들이 몹시 애잔하게 뇌리를 스친다.

우연히 건물을 짓기 위해 굴삭기로 흙을 파낸 덕분에 오래전 유물들이 하나씩 모습을 드러내기도 한다. 매장 문화 덕분에 우리는 흘러온 시간을 유추하고 우리가 서 있는 자리를 확인한다. 왜 하필 흙 속이었을까. 영원성에 가장 가까운 물질이라서 그랬을까. 성장한다는 말은 뭘까? 여전히 나인데 생장을 멈추지 않는 영혼은 어디에 머무는 걸까. 겨울이면 나무들은 죽은 얼굴처럼 보인다. 봄여름에 알았던 이름을 겨울이면 잊어버린다. 새로운 계절을 맞기 위해 자신을 버리고 서 있는 일. 삶은 때때로 버려야 한다는 걸 알지만 그보다 손에 움켜쥔 것들이 빠져나갈까 오히려 전전긍긍하며 살게 된다. 땅은 또 다른 생명이 버리는 것들을 흡수하고 영양분으로 받아들인다. 물론 생명의 몸에서 나온 것들이어야 한다. 문명에 의해 만들어진 것들은 땅을 시들게 하고 병들게 한다. 생명은 생명을 잉태할 때만 그 길을 열어준다.

신화로 만들어진 시공간을 섬이라고 해도 믿을 만큼 제주에는 신이 많다. 특히 제주를 창조했다는 설문대할망은 그 거대한 몸집만큼이나 영향력이 세다. 섬 중앙에 우뚝 솟아있는 한라산은 설문대할망의 기운을 담고 있는 듯 신령스럽다. 자신만의 이상향을 건설하고 싶었던 여신. 섬에 있는 지명에는 하나같이 설문대할망의 숨결이 흐른다. 그렇게 만들어진 이야기들은 초월적인 삶의 자세를 잉태하기도 한다. 우리가 사는 이 땅의 피와 살이 누군가의 간절함으로 이루어진 것이라면 사는 이유 역시 다르지 않다. 어떻게 살아야 하는지 왜 살아야 하는지는 내가 이 땅에 태어난 순간 내 피와 살에 섞여 흐르는 인간의 본질이다. 인간은 죽을 때까지 존재를 바라보다 결국 존재를 인정하는 순간 눈을 감는다. 지구는 알 수 없는 영혼의 기운으로 가득하다. 우리가 인연이라 부르고 운명이라 부르고 기적이라고 부르는 이름들. 어떻게 우리에게 다가와 무엇이 될지는 아무도 모른다. 하지만 태어나고 자라고 성장하는 그 모든 순간에 생명을 지탱하는 힘은 흙, 곧 땅이라는 이름이다.

봄이 오면 흙을 갈아엎는다. 뒤집는다. 오래 가려워 딱지가 앉은 곳을 삽으로 콕콕 누른다. 흙이 눈을 뜬다. 땅속에 있던 벌레들도 웅크렸던 몸을 길게 늘어뜨리며 볕을 쬔다. 꼬물꼬물 흙에 몸을 비벼댄다. 들숨과 날숨으로 공기를 빨아들이며 흙이 다시 일할 시간. 아지랑이로 피어오르는 흙의 얼굴이 드디어 기지개를 켠다. 또 다른 생의 얼굴을 빚어내기 위해.

태양 _

        뜨겁다는 건 뭘까? 여름과 봄 사이를 오가다 마침내 하나의 계절로 굳혀지는 날씨. 시나브로 끈적함이 스며들어 목덜미로 물기가 흘러내릴 때 비로소 느끼는 날씨라는 온도. 태양의 계절 여름이다. 우리는 그런 온도를 수없이 지나왔고 지금도 온도에 의지해 살아간다. 삶에서 첫, 온도는 어떤 느낌이었을까. 태어나면서 처음 밖이라는 온도와 마주쳤을 때, '으앙' 하며 울음을 터트렸을 때 어떤 공기가 우리 몸 안으로 흘러들었을까. 뜨거움일까 차가움일까 불안일까.

  살면서 내면에 어떤 기운이 흘러들어 온도를 느낄 때는 떨림이라는 미세한 경련을 경험했을 때가 아닌가 싶다. 사랑이라는 떨림, 성취의 떨림. 어느 순간 육체로 스며들어 심장에 매달아 놓은 추가 내부의 압력을 받으며 움직인다. 불에 덴 듯 뜨겁게 달궈진 온도는 열정과 냉정 사이를 오가며 수많은 서사를 흩뿌린다. 서사는 심장에 매단 추의 곡선으로 휘어졌다

                                               다시 만날 것처럼 헤어졌다

곤두박질치기도 한다. 그러다 어느 날 경쾌하던 추의 움직임이 조금씩 느려지기 시작하면서 맥박은 희미해진다. 떨림의 추는 비로소 무덤덤이라는 봉분에 안착한다. 의식의 흐름을 좇아 무덤덤에서 무덤을 만나게 된다. 한 글자만 빼면 다를 게 없는 단어. 무덤덤이 길어지면 사랑은 스스로 무덤을 파고 들어간다. 어쩌면 무덤덤은 무덤으로 옮겨가기 위한 간이역인지도 모른다. 몇 사람 올라타지 않아도 끝까지 올라타는 사람이 있어 멈추지 못하는. 죽음이 죽음을 만나 소멸하는 시간. 간이역이 폐역되어 스스로 무덤이 될 때까지.

영원한 소멸은 가능할까. 제주의 오름이나 숲길을 걷다 보면 자연스레 무덤 옆을 지나치게 된다. 기괴하다거나 을씨년스럽다기보다는 이 세계에 함께 존재하는 영혼이라는 느낌이 든다. 울울창창한 나무들과 대화를 하거나 또 때로는 바다를 지나온 해풍을 즐기기도 하면서 그곳이 자신의 거처인 듯하다. 우리가 가끔 의지와 상관없는 우연을 만나 운명을 믿는 일처럼. 처음 무덤을 발견한 사람은 흠칫 놀라며 발을 멈칫할 것이다. 하지만 곧 이내 익숙해진다. 한두 개가 아닌 데다 평범한 듯 무심한 모양새다. 돌담으로 둘러놓은 곳도 있지만 평지에 자연스럽게 봉분을 만들어 놓은 곳도 많다. 자주 가다 보면 무덤은 어느새 길과 동의어가 된다. 거기에 있다는 사실조차 잊게 된다. 삶과 죽음의 경계가 허물어지고 인간은 단지 길이라는 서사에 동참하고 있다는 걸 깨닫게 된다.

무덤덤과 무덤은 흔들림이 없는 상태다. 태양이 아무리 내리쬐어도 꿈쩍하지 않고 견딘다. 옷을 벗어 던지지도 않고 물로 뛰어들지도 않는다.

거기 고요히 머문다. 하지만 무덤덤과 무덤으로 가기 전까지 우리는 태양의 변덕을 견뎌야 한다. 뜨겁다는 말은 깜깜하다는 말과도 통한다. 우주 암흑기에서 태양이 탄생했다는 말이다. 행성이 탄생하기까지 우주는 암흑기였고, 대기를 떠다니는 여러 물질로 인해 우주망이 형성되었다. 이 우주망은 다른 물질과 결합하고 새로운 반응이 나타나면서 별이 탄생했다. 그 별들이 핵융합하면서 탄생한 또 하나의 별이 바로 태양이다. 그러니까 태양은 아주 거대한 별이다. 우리는 태양을 별이라 부르지 않는다. 너무 크고 환해서 눈을 멀게 하니까.

그러니까 우리의 눈을 멀게 하는 것. 가까이 다가갈수록 오래 바라볼수록 눈은 밝음에서 멀어진 캄캄함이 깃든다. 캄캄함이 깃들기 전까지 눈에 콩깍지가 씌었다고 말하는 것. 어둠은 무시하고 밝음만 보려는 것이 사랑이다. 그 뒤에 올 캄캄함 따위엔 관심이 없다. 하지만 밝음은 집착을 부른다. 너무 환한 나머지 벗어날 수 없는 중독의 단계다. 사랑이라는 환상에 노예가 되어버리는 순간이다. 뜨거움에 데여도 뜨거운 줄 모르고 발목까지 뜨거운 불 속에 넣어버리고 마는 시간. 집착 없는 사랑이 가능할까. 열정 없이 이타적인 사랑이 가능할까. 한 번 데인 후에야 뜨거움을 멀리하는 것처럼 발을 빼기에 너무 늦어버렸을 때 바람이 불고 있다는 걸 느낀다. 예감을 몰고 오는 바람이다. 태양을 집어삼킨 바람이다. 흑점만 남긴. 하지만 흑점은 멀었던 눈을 되돌려놓는다. 열정을 서서히 가라앉혀 붕 떴던 몸을 바닥에 착지시킨다. 먼 길을 돌아 다시 돌아온 자리는 그때의 자리가 아니다. 태양과 흑점을 동시에 지닌 새로운 얼굴, 반짝이는 별이다.

다가옴과 밀쳐냄

그렇게 양파를 썰어 장아찌를 담는다. 매운 양파는 저절로 눈물을 생성하고 감정을 끓어오르게 하는 기폭제 역할을 한다. 햇양파일수록 맛있게 맵다. 맹렬한 태양의 가장자리가 피운 열매다. 간장에 설탕과 식초, 매실청을 넣어 달인다. 거기에 유자청도 조금 넣어 달이다가 건져낸다. 간장 달인 물에 양파, 고추, 당귀, 방풍 이파리를 몇 개 섞어서 담아주면 향긋한 양파 장아찌가 완성된다. 양파 장아찌는 하루 정도 실온에 두었다가 냉장고에 넣는다. 오래 먹고 싶을 땐 간장을 냄비에 다시 부어 달인 후에 재료를 넣어준다. 양파 장아찌를 담그는 일은 폭풍처럼 휩쓸고 간 감정을 차곡차곡 쌓아 응축된 시간을 부어주는 일이다. 다양한 감정이 섞여 하나의 맛으로 어우러지는 조화로움. 태양이 한바탕 부려놓은 뜨거움은 서서히 병속에서 익어가며 깊은 맛을 우려낸다. 양파 장아찌가 익는 색은 시간이다. 시간으로 치환된 색이다. 우리가 먹는 건 태양을 식힌 또 하나의 태양이다.

태양은 욕망과 연결된 시간이기도 하다. 우리가 잘 알고 있는 이카루스의 태양 말이다. 하지만 1560년경 벨기에의 화가 브뢰헬이 그린 이카루스는 욕망과는 거리가 멀어 보인다. 그의 그림에서 이카루스와 날개는 주연이 아니라 조연이다. 조연 중에서도 이름도 불리지 않는 1, 2, 3에 들어간다. 바다에 빠지는 이카루스와 날개는 단지 하나의 배경에 불과하다. 자세히 보지 않으면, 이 그림에 제목이 없었다면, 그대로 묻힐 이카루스다. 그림의 주인공은 하루하루 생을 이어가는 서민들이다. 밭에서 쟁기질을 하고 양을 돌보고, 어부는 바다를 향해 그물을 던진다. 평화로워 보이지만 부지런히 자신의 몫을 해내는 인간들의 일상. 그러나 우리가 신이라고 부르는 이카루스는 바다에 반쯤 빠진 채 다리만 허우적거린다. 아무도 신에게 눈길을 돌리지 않는다. 신만 바라보던 시절은 지났다. 신을 숭배했으나 현실은 전쟁과 가난으로 허덕였다. 기도의 절실함은 기도로 끝이 났다. 인간이 저지른 일은 신이 아닌 인간의 손으로 마무리해야 한다는 사실을 말이다.

물론 사람들은 신의 잘못으로 돌리지는 않았지만 신을 향해 입을 닫았다. 인간의 숙명은 하루하루 자신의 몫을 해내야만 삶의 바퀴가 굴러간다는 것이다. 태양이 신적인 존재에서 자연적인 존재로 돌아서기까지 수많은 피의 혈투와 희생이 있었다. 시간은 인간의 사고와 함께 흐른다. 신에서 자연으로 자연에서 과학으로 점점 사고방식이 바뀐다. 여전히 뒤섞여 굴러가는 하나의 바퀴이긴 하지만. 이제 우리가 믿는 것은 무엇인가. 욕망인가 사람인가.

태양이 인간과 접촉하는 방식 혹은 인간이 세계와 접촉하는 방식은 다가옴이다. 어떤 다가옴은 끌어당기는 힘을 가지지만 또 어떤 다가옴은 밀어내게 한다. 끌림과 밀어냄은 온도의 차이다. 서로가 서로에게 주고받는 에너지의 질량과 방향의 영향을 받는다. 그 힘의 방향에 따라 태양이 움직인다. 태양이 빛을 쏟아낸 자리에 싹이 움트고 키가 자란 나무는 붉음을 뱉어낸다. 사람과 사람 사이를 끌리게 하고 다가가게 하고 포용하게 만드는 힘. 우리는 그런 빛에 이끌려 열정을 만들어내고 삶을 사랑하는 방식을 배운다. 그러니 우리는 무덤덤이 무덤으로 가기 전에 그 빛이라는 열차에 올라타야 한다. 태양이 이끄는 곳으로 맹렬히 걸어가야 한다.

돌 _

아침부터 동네 골목이 시끄럽다. 젊은 여자의
목소리가 금방이라도 돌담을 무너뜨릴 기세다. 여자는 하루가 멀다 고래
고래 소리를 지른다. 말인즉슨 자기 집 마당에 쌓은 돌담을 치우라는 소리
다. 그 돌담은 아주 오래전 내가 태어나기도 전부터 우리 집과 그 집 사이
경계를 짓고 있었다. 아무리 그런 것이 아니라고 말해도 소용이 없었다.
여자의 우김은 기정사실처럼 굳어져 자신의 말에 도취 된 듯 맹렬하게 퍼
붓기에 바빴다.

내 어릴 적 기억으로 그 집엔 홀어머니와 아들 그렇게 단둘이 살았었다.
할머니는 그때 한쪽 눈이 멀었고 아들은 늦도록 장가를 못 갔다. 겨우 여
자가 들어왔다 싶으면 견디지 못하고 금세 나가버리기 일쑤였다. 그 후 스
무 살 무렵 나는 시골집을 떠났고 내 생활을 하느라 그 집 사정은 까맣게
잊고 있었다. 훨씬 나중에야 할머니는 돌아가시고 그 아들이 늦장가를 가

다시 만날 것처럼 헤어졌다

서 자식을 낳았다고 했다. 지금 그 집에 사는 아들 말이다. 어릴 때 나는 그 집에 음식을 갖다 주러 몇 번 갔었다. 시골에서 음식을 나눠 먹는 일은 흔했으니까. 그때는 어려서인지 몰라도 마당이 그렇게 좁게 느껴지지 않았다. 마당 한구석에 꽃도 피웠다. 단출한 살림살이로 오히려 집이 크게 느껴질 정도였다. 할머니도 아들도 없는 그 자리에 손자가 조립식 집을 지었는데 대지 면적에 비해 건물을 크게 지은 것이다. 그러다 보니 마당은 사라지고 우리 집과 경계에 있는 담장에 거의 맞닿은 꼴이 되었다. 현관문을 열면 금방이라도 담이 무너질 것 같은 형태였다. 답답한 건 우리 집인데 오히려 그 집 아들의 아내가 틈만 나면 우리 집 돌담이 자기네 땅에 들어왔다고 우기며 돌담을 치우라고 고래고래 소리를 지르는 것이다.

도저히 악다구니를 견딜 수 없어 토지측량기사를 불렀다. 그런데 측량을 하니 오히려 우리 땅이 그쪽 집에 더 들어가 있다고 했다. 처음부터 아버지도 예전에 할머니가 살아계실 때 그쪽 집을 배려해서 담을 쌓은 거라고 아무리 얘기해도 여자는 믿지 않았다. 목소리가 크면 이긴다는 말이 통할 줄 알았는지. 아무튼 여자는 이제 할 말이 없어졌다. 동네 사람들도 젊은 사람이 그러는 거 아니라고 아무리 얘기해도 막무가내였다. 이웃 간에 서로 양보하고 배려하던 시절은 온데간데없어졌다. 조금이라도 더 가지려는 욕망만이 남았다. 여자는 자신의 주장이 무너지자 이젠 자기 집 앞 공터에 차를 세우지 못하도록 쇠창살 같은 걸 쳐 놓았다. 한마을에 산다는 건 그 속으로 스며들어 함께 어우러지는 일이다. 이웃은 친척보다 가깝다고 했다. 그만큼 가까운 거리에서 힘들 때 돕고 의지할 수 있는 관계이기 때문이다. 시골인심이라는 말도 이젠 옛말이 되어버린 듯 씁쓸하다.

살면서 나와 맞지 않는 사람을 만난다. 우리는 적敵이라 부르기도 한다. 서로 싸우거나 해치고자 하는 상대라는 뜻이다. 아마 '적'이라는 단어가 처음 생긴 건 씨족사회에서 집단과 집단의 싸움이거나 나라가 생긴 뒤에는 외침으로 인해 생긴 말일 테다. 하지만 지금 우리는 수시로 '적'이라는 단어를 쓴다. 나와 잘 맞지 않는다는 이유로. 가까운 이웃, 동료, 친구 심지어 가족까지도 등을 돌리며 '적'이라 생각한다. 아마도 그것은 단단한 벽으로 둘러싸인 세계가 만들어낸 물리적 결과물이 아닐까. 벽이 인간에게 스며들어 진화하는 방식은 아닐까. 사방이 온통 벽으로 둘러싸인 집에서 나와 벽으로 가로막힌 직장에서 일하고 다시 벽모퉁이를 돌아 집으로 돌아오는 생활이다. 꽉 막힌 삶에서 우리는 옆을 쳐다볼 여유도 뒤를 돌아볼 여유도 없다. 그저 앞으로 나아가야만 목적을 달성할 수 있다. 그러면서 우리는 점점 손해 보지 않는 삶 쪽으로 흘러갔다. 양보와 배려보다는 이기적인 마음이 목적 달성에는 훨씬 쉬웠으니까. 돌보다 차가운 마음이 거리를 뚜벅뚜벅 걸어 다녔다.

그렇게 우리는 매일 시시포스의 바위를 굴리며 살아가게 되었다. 잠시 방관하는 사이 돌이 굴러떨어져 발등을 찍거나 절벽으로 떨어지기도 하면서. 무거운 바위는 어떻게 하루라는, 매일매일이라는 시간으로 치환된 것일까. 신화는 인간의 선과 악을 지배하며 적절하게 조종하는 심판처럼 보인다. 그 끝에 올 미래가 어떤 얼굴인지를 보여주면서. 천국과 지옥의 모습을 번갈아 보여주며 선택을 강요한다. 그 선택에는 보이지 않는 무시

무시한 괴물들을 대동한다. 그리고 우리는 어느새 신화 속 괴물을 닮아간다. 이성과 절제를 견디지 못하고 욕망의 노예로 전락하는 신화 속 괴물들. 천국의 쓴맛보다 지옥의 달콤한 유혹이 우리 내면에 잠재된 또 하나의 얼굴을 건드려 깨운 건지도 모른다. 오랫동안 잠들어 있던 얼굴. 너무나 굳건하고 단단해서 깨뜨리지 못할 것 같았던 화신. 그러나 모든 일은 하나의 고리가 풀리면서 순식간에 진행되기도 한다. 마치 지금의 자기로부터 멀어지기로 작정한 사람처럼 그 일을 해낸다. 절대로 건드려서는 안 될 금기의 자화상을 깨운다. 화석이 되어 흐르던 시간이 다시 깨어나는 순간 이성과 절제는 와르르 무너진다. 태양이 사그라든다. 생명을 갖는 순간 그것은 어디로든 손을 뻗어 욕망의 구름을 채우려 한다. 자꾸 텅 빈 허공을 향해 혼잣말을 중얼거리는 사람들이 늘었다. 그럴수록 높은 빌딩에 걸린 공허 지수는 점점 딱딱하게 굳어가는 중이다.

허공에 공허를 뿌리는 이방인이 되어

생명은 자신의 영역을 갖길 원한다. 그 안에 있어야 안전하다고 믿는다. 자신의 채취가 묻은 곳. 생명은 자기만의 채취를 지닌다. 오랫동안 익숙한 채취는 안정감을 준다. 채취의 진화는 무덤까지 이어진다. 돌이 혼자 있을 때와 여럿이 모였을 때 다른 힘이 작용한다. 제일 처음 돌에 권력을 투영한 상징물은 이집트의 피라미드다. 높게 쌓아 올린 돌이 파라오의 위엄을 말해준다. 기껏 해봐야 돌인데 인간은 거기에 의미와 가치를 부여한다. 자연이 상징물이 되는 순간 거대한 기운이 담기면서 돌은 힘과 권력을 갖게 된다. 인간은 그 아래 아주 미약한 존재가 되어 돌이라는 거대 상징물에 기도하며 자신의 욕망을 채우려 한다. 인간이 어디서 왔는지 어떻게 감정을 지배하고 어디로 향해 가는지 그 모든 기원을 감정이 없는 딱딱한 돌에 의지하려 한다니. 놀라운 건, 돌은 인간에 의해 부여받은 그 힘을 자신의 권력으로 사용한다는 사실이다.

굴러온 돌이 박힌 돌 뺀다는 말. 아주 가까운 골목에서 이주민과 마주친다. 토박이, 토착민, 원주민이라는 말이 무색하다. 물론 굴러온 돌만의 문제는 아니다. 갑자기 많은 돈을 준다니 덜컥 땅을 팔아치운 원주민들에게도 잘못은 있다. 자신들이 살던 터전을 과감하게 팔아치우는 욕망을 저지르기까지 우리에겐 무슨 일들이 있었던 걸까. 인간은 이제 욕망을 숨기지 않는다. 더 과감하고 더 맹렬해졌다. 정말이지 돌이라면 지긋지긋해서 벗어나고 싶었던 유년시절이 있었다. 척박한 섬이라는 말은 돌이 많아 농사도 제대로 되지 않는 땅에서 비롯되었다. 농사를 짓기 위해서는 시간이 될 때마다 돌을 골라 한쪽에 쌓아두어야 했다. 주워도 주워도 돌과의 전쟁은 끝나지 않았다. 어쨌든 그 지긋지긋했던 돌밭은 땅값이 몇 배로 뛰었다. 돌도 사서 써야 하는 시절이 온 것이다. 물론 내 몫은 없었다. 돌무더기처럼 쌓아둔 마음이 어디로 새어나가 무너졌는지 이제 우리에겐 고유의 영역도 없고 오래된 터전도 그 얼굴을 알 수 없다. 무언가 잘못되어가는 느낌. 무언가 자꾸 빠져나가는 느낌. 허공이 점점 공허의 길로 들어서고 있다. 구름이 그 순간을 포착하고 예감을 흘려놓는다. 그러나 누구도 알아채지 못하고 허공을 아름답게만 포장한다. 찰칵찰칵 불안한 소리를 찍는다. 우리는 모두 지구의 관광객이고 이방인이 된 기분으로 살아가고 있다는 생각을 떨쳐내지 못한다.

생명이 생명을 잃어가는 과정에서 우리는 부드럽고 무겁고 깨지기 쉬운 이야기를 만들어간다. 더 쉽고 편리한 쪽으로 진화하고 복잡한 사유는 점점 퇴화하는 쪽으로 기울어진다. 얼마나 나약하고 불안한 존재인가. 물론 단단한 심지가 아예 사라진 건 아니다. 자존감이 바닥까지 떨어졌을 때 드디어 치고 올라가야 할 힘이 생기기도 한다. 나약한 존재에서 단단한 존재로 진화해가는 과정이다. 인간이 어떤 물질로 이루어졌는지를 알기 위해서는 돌이 어떤 물질인가를 아는 것이 중요하다. 그것은 우리가 생각하는 광물질이 아닐지 모른다. 처음 인류가 탄생하면서 겪었던 소용돌이와 거대한 폭발의 세계가 그 안에 담겨 있다. 인간보다 훨씬 오래된 기억과 흔적을 가지고 있는 셈이다. 그저 화가 날 때 발끝으로 툭툭 차버리는 돌멩이가 아니다. 그것은 인류의 기억과 흔적에 대한 기록이다. 돌로 굳어가기 전의 세계를 기억하고 서서히 굳어가기 시작하는 삶을 저장한다. 아무도 모르게 그들은 후각과 촉각을 이용해 빨아들이고 스며 그들만의 세계에 저장한다. 비록 다시는 그 기억을 꺼낼 수도 없고 보여주지 않는다고 해도. 우리가 돌을 숭배하고 기도하고 욕망을 위해 기꺼이 그 앞에 엎드리도록 말이다. 우리 내면에도 어쩌면 무거운 돌문 하나씩 숨겨져 있지 않을까. 그 문은 대체로 굳게 닫혀 있어 인식하지 못한다. 힘겹게 그 문을 열어젖힐 때 그 안으로 강렬한 햇빛이 들이친다. 우리가 어디로 걸어가야 할지 어디서 멈춰야 하는지 분명히 알 때 그 문은 서서히 존재를 드러낼 것이다.

바람 _

해풍에 그을리며 말라가는 풍경이 가슴에 와 박히면 소금기도 단맛을 품는다. 여행자이거나 여행자의 시각으로 바라볼 때 어떤 사투의 결말은 아름답게 그려진다. 젖은 빨래 대신 물고기나 오징어로 해안의 풍경을 채워놓은 기다란 빨랫줄. 생물은 수분이 다 빠져나간 채 건어물이 되어 다음에 올 일을 기다린다. 슬픔이 바싹 마른 몸은 잘게 찢겨 입안에서 짭조름한 단맛을 낸다. 그렇게 생의 짠맛을 다 거둬들인 뒤에야 발길을 옮기는 바람. 젖은 것을 말리는 최적의 물질, 상쾌와 불쾌를 동시에 퍼뜨리기도 하고, 거의 죽음 직전까지 내모는 극악무도의 종족이기도 하다. 그들은 눈에 보이지 않지만 우리와 가장 밀접한 거리에 있다. 만약 바람이 없다면 지구는 벽과 벽으로 차단된 채 어디서 무엇이 무엇으로 다시 만날지 모른 채 살아갈 것이다. 자신의 의지대로 움직일 수 없는 생의 경우는 더 그렇다.

자신의 종을 퍼트려야 살아남을 수 있는 나무와 풀들은 바람을 빌려 종족 번식에 성공한다. 자신의 힘으로 갈 수 없는 아주 먼 곳까지 날아가 새로운 삶의 터전을 일군다. 그들만의 개척방식이다. 멕시코 산페드로 마티르의 코끼리 선인장 같은 이들 말이다. 아주 조그만 몸으로 바람을 타고 낯선 곳으로 날아가 자신들의 이름을 새긴 섬을 만들었다. 바람이 없었다면 불가능한 일이지만 바람의 이름을 새겨넣지는 않았다. 바람은 이름을 앞세우지 않는다. 다만 조력자로 존재할 뿐이다. 아주 작은 씨앗 하나가 새로운 세상을 일구는 힘. 생명은 한 세계를 파괴하고 또 한 세계를 건설하는 유한의 언덕이다. 언덕 아래에서 내려다보는 세상, 그것을 가능하게 한 건 바람이다. 높은 곳에서 바라보는 불빛은 아름답지만 쓸쓸하다. 쓸쓸함 없이는 아름다움의 가치도 없는 것처럼. 불빛이 화려하든 초라하든 높든 낮든 눈 속에 담기면 지구라는 실뭉치를 물고 굴러간다. 지구라는 공간에 갇히면 인간은 한없이 '창백한 푸른 점'에 불과하다는 걸 인식하기 때문이다. 환경과 진화를 거치면서 지구가 공존하고 있지만 그 안엔 훨씬 더 복닥거리는 영혼들이 혼돈에 휩싸이며 살아간다.

바람이 태어난 곳은 아무래도 섬이다. 자신의 존재와 위엄을 드러내기에 바다는 최적의 공간이다. 특히 이월의 제주 바다는 온몸으로 바람이다. 살갗을 베일 정도로 날카로운 바람. 인간이 오랫동안 환경과 타협하면서 혹은 군림하면서 살아왔지만 바람은 어찌할 수 없는 존재다. 잡을 수도 가둘 수도 없는 물질. 아무도 막을 수 없는 무소불위의 떠돌이다. 온몸으로 척박함을 밀어붙이길 좋아하는 바람의 땅, 그곳이 섬이다. 섬에 사는 사람

다시 만날 것처럼 헤어졌다

들은 바람을 받아들이기 위해 신화와 전설의 힘을 빌렸다.

　그 바람의 신은 바로 제주의 '영등할망'이다. 영등할망은 해산물의 풍요를 가져오는 신으로 음력 2월 초하루 한림읍 귀덕리로 입도해 보름날인 2월 15일에 우도를 통해 제주를 떠나 본국으로 돌아간다고 알려져 있다. 전설에 따르면, '옛날에 제주 어부의 배가 폭풍우로 인해 외눈박이 거인의 섬으로 가는 것을 영등할망이 구해 주었다. 이 일로 영등할망은 외눈박이 거인들에게 죽임을 당하고 온몸이 갈기갈기 찢긴 채 죽는다. 그때 머리는 소섬(우도)에, 사지는 한림읍 한수리에, 몸통은 성산까지 밀려오게 되었다. 그 죽음을 기리기 위해 영등할망을 신으로 모시고 굿을 해주었다'라고 전해지고 있다. 영등할망은 영등굿 기간에 제주 바다를 돌아다니며 해산물의 씨를 뿌려주고, 어부나 해녀들이 비는 소원을 들어주고 간다고 전해진다. 영등굿은 영등할망이 머무는 음력 2월 초하루부터 보름까지 치른다. 이때는 바다에서 해산물을 채취하거나 고기를 잡지 않는다. 얼마나 바람이 거센지 목숨을 잃기도 한다. 영등굿이 끝날 무렵에야 바람이 온순해지면서 비가 내린다. 그 비를 '영등할망의 눈물'이라고 부른다. 섬사람들의 염원을 비는 마음이랄까 그 눈물이라는 말에서 지켜주고자 하는 간절함과 찢긴 영혼의 고달픔이 느껴진다. 전설은 죽음을 매개로 현생을 지켜내는 통과의례의 모습을 보인다. 지구의 시간을 건너가기 위한 작은 언덕들이 매번 저 위에서 우리를 기다리는 것처럼.

춤추는 혼돈의 별

언덕 위에서 우리를 기다리는 바람. 매번 어딘가로 떠났다가 다시 돌아와 잊었던 기억을 부려놓는다. 3인칭 시점으로. 나는 그게 부러웠다. 3인칭으로 살고 싶었다. 1인칭으로 살지 못할 바에는. 글을 쓸 때조차 나는 1인칭이 아닌 남의 인생을 빌려오는 2인칭이거나 엿보거나 슬쩍 훔쳐오는 3인칭이었다. 1인칭의 나는 언제나 진창에 빠진 생쥐 같았다. 1인칭과 멀어졌다. 그리고 언제부턴가 나는 1인칭에서 벗어났다. 나와 마주할 자신이 없어서, 똑바로 쳐다볼 수 없어서, 그럼, 나는 나를 부정할 것 같았다. 여기저기서 자신을 사랑하라고 떠들지만 그 말은 그저 오래된 먼지처럼 가슴을 움직이지 못하는 말이었다. 어딘가에 매몰되었다 어느 순간 깨지거나 터져버릴 존재처럼. 그러다가 갑자기 나를 향해 훅 불어오는 혼돈이라는 바람에 종종 사로잡혔다.

식물의 성장에 필요한 것은 물, 바람, 햇빛이다. 물과 햇빛만으로는 식물이 자랄 수 없다. 바람이 없다면 식물인간 아니 그저 목숨만 연명하는 삶이다. 바람이 없으면 머지않아 식물은 썩는다. 바람은 생명에게 어떤 존재일까. 그것은 혼돈이 아닐까. 흔들리고 꺾이고 쓰러지기를 반복하면서 하나의 존재로 당당하게 서 있는 것. 니체가 말했듯이 '춤추는 별을 탄생시키기 위해 사람은 자신들 속에 혼돈을 지니고 있어야 한다'고 하였다. 꽃을 피워올리기 위해서도 혼돈은 중요하다. 고통 없이 상처 없이 피는 삶은 없는 것처럼. 바람은 혼돈의 중심에 있었다. 우리는 그 바람을 데려와 상징으로 도구화했다.

하지만 혼돈을 회피하기 위해 자신의 방문을 걸어 잠근 이들도 많다. 히키코모리라고도 하고 은둔형 외톨이라고도 부른다. 관계에 대한 피로감과 두려움으로 숨어버린 사람들이다. 공동체 의식을 강조하고 주변 사람들과의 관계에 치중하던 문화들이 점점 낡은 것으로 인식되고 있다. 분명 다른 세기가 밝았다. 『어린왕자』에서 관계란 '서로에게 길들여지는 것'이라고 말한다. 보이지 않던 것이 보이는 것, 그래서 황금색 밀밭이 바람에 휘어질 때 어린왕자의 머리칼을 떠올리게 되는 일이라고. 그러나 지금은 서로에게 '길들여지기'보다 '길들여지지 않는 쪽'으로 방향을 튼 듯하다. 관계에서 오는 피로를 아예 차단하겠다는 말이다. 거기에 쏟을 에너지와 열정을 차라리 나 자신에게 쏟는 것이 여러모로 이익이라고 생각한다. 남보다 나 자신에게 투자하는 삶을 살겠다는 것이다. 물론 이런 흐름이 꼭 나쁜 것만은 아니다. 하지만 관계에 문을 닫아걸고 마음을 닫아거는 사람들이 많아질수록 외로운 죽음이 늘 수밖에 없다. 지구의 피가 점점 차가워지고 있다. 바람이 비구름 속에 숨어 우리를 엿본다. 이따금 혼돈을 몰고 오면서. 사람은 혼자서는 지구를 지탱할 힘을 만들지 못한다는 걸 제발 좀 알라고.

그럼에도 불구하고 인간은 사회적 동물이라는 말은 여전히 유효하다. 관계는 혼돈의 시작이기도 하지만 살아가는 데 절대적이다. 수없이 부는 바람에 꿋꿋하게 한 생을 버텨내기 위한 위로다. 인간의 생태적 운명이다.

그러기에 생은 혼돈을 겪은 사람만이 당당하게 살아갈 수 있는 무대다. 태어나면서부터 우리는 가족이라는 혼돈에서 살아남아야 하고 그 이후에도 수많은 관계의 혼돈에 둘러싸여 살아간다. 그 바람을 잘 타고 넘어야 한다. 줄넘기하듯. 때론 미풍이고 또 때론 회오리이고 거센 태풍으로 돌변하기도 한다. 가장 힘든 시기는 그런 바람조차 없을 때다. 무기력과 권태가 수시로 우리를 찾아올 때다. 그러니 바람은 우리가 믿는 만큼 불어오고 흘러가는 만큼 강도가 달라진다.

바람은 우리가 바라는 대로 흘러가기도 한다. 이제 와 깨달은 건 나답게 살지 말자. 나답게 산다는 건 지금까지의 나를 반복하는 일이다. 하고 싶은 말을 속에 꾹꾹 담아두고 거절하지 못해 상처받던 나였다. 조금 더 간결하게 살아야겠다. 관계의 부피를 줄여 내 열정을 쏟아부을 자리가 어디인지 찾아야겠다. 수많은 바람 중에 어떤 바람을 선택하느냐에 따라 삶의 방향도 달라질 것이다. 물론 이렇게 바람을 데려와 쓰는 일조차 꼬리표가 따라붙는다. 신선하지 않다. 한여름 나무 그늘에 앉아 내게로 불어오는 바람처럼 쓰지 못한다. 그 한 줄기 바람이 막혔던 가슴을 뻥 뚫고 지나가던 순간처럼 쓰지 못하다. 그러나 나는 여전히 혼돈의 바람에 몸을 맡긴다. 세상에 없는 말, 세상에 단 하나뿐인 말, 그 바람이 춤추는 별이 되어 내 안에서 반짝거리길 기다리며.

비 _

　　툭, 툭, 투드득. 굵은 빗방울 몇 개가 땅을 두드린다. 비릿한 냄새가 콧속으로 훅 끼쳐 들어온다. 비가 오기 시작할 때 마른 흙이 젖으면서 공기 중에 퍼지는 냄새, 이 비릿한 냄새를 '페트리코'라고 부른다고 한다. 공식적으로는 1964년 호주 과학자들에 의해 기록되었다고 한다. 어느 날 우연히 라디오를 듣다 알게 되었다. 비의 이름이 많다는 걸 알았지만 비 냄새에 이름이 있을 거라고는 생각하지 못했다. 그저 코를 킁킁거리면서 인상을 찌푸리기만 했다. 그 비릿하면서도 이상한 냄새는 땅속에 있던 미생물들이 비와 흙, 이끼, 풀과 함께 섞이면서 풍기는 냄새였다. '페트리코'는 그리스어로 돌을 의미하는 '페트라'와 신화 속 신들이 흘린 피를 뜻하는 '이코'라는 말을 합친 말이라고도 한다. 돌이 피를 머금은 냄새? 그쪽으로 코를 벌름거리니 또 그렇게 느껴진다. 아무튼 '페트리코'라는 단어를 안 순간 그 비릿하고 이상한 냄새가 내 코에 딱 달라붙은 채 떨어지지 않는다. 뭐랄까. 그 냄새와 어울리지 않는 이름 같기도 하고 신비스럽기도 했다. 생뚱맞게 풀잎을 닮은 요정이 튀어나올 것 같은 이름처럼 느껴지기도 했다. 페트리코, 페트리코, 페트리코. 부를수록 냄새는 사라지고 단어가 주는 질감만 남는다.

그런데 왜 비는 볼 수도 있고 만질 수도 있고 냄새를 맡을 수도 있는데 사물이라고 부르지 않는 걸까. 비와 태양, 눈은 사물이라는 말보다 대상이라는 말에 가까울지 모른다. 대상은 눈으로 바라보는 실체에 가깝다. 그러니까 눈에 보이는 대상, 실체는 볼 수 있고 만질 수 있다. 우리가 사물과 비사물이라고 구분하는 것도 어쩌면 구분 짓기 좋아하는 인간의 습성에서 비롯된 것인지도 모른다. 비는 대상으로써 사물의 얼굴을 갖는다. 그것이 영원히 우리 손아귀에 쥐어지지 않는다고 해서 없어지는 건 아니다. 다만 자연이라는 속성에 의해 생성되고 사라지기를 반복할 뿐이다. 눈을 감으면 비는 더 가까이 다가온다. 촉감과 맛과 향과 질감까지 생생해진다. 나에게 다가오는 순간 비는 또 하나의 이야기를 시작한다.

유월 말부터 장마가 시작됐다. 때때로 마른장마가 땅을 바싹 말리기도 하지만 올해는 비가 많이 올 거라는 예보다. 비는 안의 시간이다. 바깥의 시간보다 안에서 바라보는 비를 좋아한다. 창문이 있으면 더 좋고 테이블 위에 작은 화분 하나 놓여 있으면 더할 나위 없이 좋은 구경이다. 커피가 됐든 막걸리가 됐든 개인의 취향을 존중한다. 비는 어떤 것과도 잘 섞인다. 리듬은 기억의 디저트나 안주로 삼기 좋은 형태니까. 그러다 문득 그런 생각을 한다. 비라는 이름에 대해. 비는 어쩌면 누가 비는 소리일지도

다시 만날 것처럼 헤어졌다

모른다고. 세상엔 간절한 목소리가 참 많으니까. 비는 그런 소리를 모아 우리에게 들려주는 건 아닐까 하고. 그런 사람들을 떠올리라고 잠시 눈을 감고 생각하라고 말이다. 한숨은 폐 안에 나쁜 공기를 밖으로 내보내는 일이라고 한다. 그러니 한숨을 쉰다고 타박을 줄 일은 아니다. 오히려 건강에 도움을 준다고 한다. 비의 한숨 소리를 듣는다. 한숨은 꽤 길었지만 그치고 나면 기분은 상쾌해진다. 다시 살아갈 힘이 생긴다. 비의 끝에서 생겨나는 마음이다.

끝이라는 말에는 많은 감정들이 달라붙는다. 끝이 좋아야 한다는 말도 있고. 끝이 좋을 수 있나 하는 생각이 들기도 하고. 하지만 끝을 견뎌낸 사람만이 새로운 시작도 할 수 있는 거겠지. 그 끝이 참담하든 비참하든 억울하든 무너져내릴 것 같든지 간에. 비가 계속된다는 건 장마라는 말이고 지루함을 견뎌야 한다는 말이다. 어느새 우리의 감정과 기분은 날씨에 따라 좌지우지되는 꼴이다. 장마가 길어질수록 우울은 깊어지고 세상과 단절된 시간을 살기도 한다. 적당히에서 멀어지면 집착을 낳고 누군가는 벗어나고 싶어서 '끝'이라는 단어를 내뱉을 것이다. 그것이 가난이든 사랑이든 삶이든.

어릴 땐 비 오는 날을 기다렸다. 감상적인 분위기를 느끼려고 기다린 건 아니다. 비가 오면 밭에 나가지 않아도 되고 일을 안 해도 됐으니까. 그 시절 우리 또래들이 비슷한 생활을 했겠지만 주중에는 학교 갔다 오면 집안일을 해야 했고, 주말엔 늘 밭에 나가야 했다. 탈출구가 없는 도돌이표였다. 여름 땡볕에 앉아 잡초를 뽑고 농사일을 도와야 했다. 엄청 바쁠 때는 학교도 못 가고 밭에 간 적도 있었다. 입이 펠리컨만큼 튀어나왔을 거다. 그러니 주말마다 비가 오라고 고사를 지낼밖에. 마음속으로 빌고 또 빌었다. 얼마나 간절한 마음인지 비가 내릴 때면 소원이 이루어진 것처럼 기뻤다. 쪼그라들었던 등이 펴지고 다리도 쭉 펴지는 것 같았다.

의 안쪽

　뒤란에 나뭇잎에 떨어지는 빗소리. 양하잎에 또르르 또르르 굴러다니는 빗방울. 슬레이트 지붕 아래로 떨어져 내리는 모습에 취하던 시간. 그런 빗방울 소리와 닮은 부침개가 마루에서 타닥타닥 부쳐지기도 했다. 그때는 식용유가 아닌 직접 기른 유채나 동백으로 짠 유채기름이나 동백기름에 메밀가루를 넣고 부쳤다. 탁, 탁 튀어오르는 안과 밖의 소리. 세상의 모든 소리가 하나로 연결되어 장단을 맞추기라도 하는 것처럼. 그런 사소함이 그땐 내 기쁨의 전부이기도 했다. 하지만 내가 살던 서쪽 공기는 다른 곳보다 많이 습했다. 장마철이면 벽마다 곰팡이들이 생기고 눅눅한 이불을 덮고 불면을 견뎌야 했다. 그때도 그런 생각을 했다. 여기의 '끝'은 어디일까. 내가 여기서 벗어날 수 있을까. 이 눅눅하고 꿉꿉한 이불 밖으로 뛰쳐나갈 수 있을까. 끝나지 않을 것 같은 참혹함은 결국 나를 빗속으로 뛰어들게 했다. 내 나이 열일곱 살, 나는 그 집을 떠났다.

　하지만 섣불리 빗속으로 뛰어들었다가 마음을 다친 날들도 많았다. 분명 내 일이 아닌데도 불구하고 상대방이 안타까워서 도와준 일이 이상하게 꼬여 멀어져 버린 관계. 제삼자에서 아예 남이 되어버리는 일들도 있었다. 어정쩡하게 끼어버린 나는 그 둘에게서 내동댕이치고 당사자들은 오히려 아무 일도 없었다는 듯 지낸다. 어떤 싸움이든 제삼자는 끼어드는 게 아니라는 걸 배웠다. 나한테 와서 실컷 퍼부으면서 실토를 할 땐 언제고

막상 화해를 시키려던 나는 이상한 사람이 되어버리는. 다 지난 일이지만 비는 그런 것들을 불러내 가라앉았던 마음을 붕 띄워놓기도 한다. 한참 동안 명치에 쌓였던 앙금이 비에 섞여 내렸다. 안이 밖으로 뛰쳐나간 순간이었다.

그런데 참 이상하다. 어느 날부터 비 오는 날을 기다리지 않게 되었다. 나이가 들었다는 말일 수도 있고 삶이 달라졌다는 말일 수도 있다. 가끔 내리는 비는 단비처럼 촉촉하지만 사나흘 내리는 비는 눅진하고 우울하다. 우울한 기분이 마치 비에서 시작된 것처럼. 그리고 이상하게 밖에 세워둔 내 차를 걱정하게 되었다. 고급 승용차도 아니고 그저 이동수단일 뿐인 낡고 허름한 그 차가 비에 젖는 게 자꾸 맘에 걸렸다. 단순히 기계뿐인 그 사물이 혼자 비를 맞고 있으면 가슴 한쪽이 아팠다. 마치 내가 비를 맞고 서 있는 기분이 들었다. 오래된 물건이나 오래 함께한 것들을 버리지 못하는 습성 때문일까. 한 번 마음에 품은 건 쉽게 버리지 못한다. 한번 시작한 일이나 취미(?)도 잘 놓지 못한다. 한번 나에게 온 사람은 쉽게 내치지 못하는 것처럼. 나에겐 그런 것들이 몇 가지 있다. 물론 시도 그중 하나다. 아니 내 삶에서 가장 많은 지분을 차지한 존재이기도 하다. 비와 시.

시는 비의 안쪽을 닮아있다. 넋을 놓고 바라보게 되는 순간. 무아의 지경에 이를 때까지 어딘가로 빨려 들어간다. 끈적한 기운이 몰려와 옴짝달싹 못 하게 만들지만 벗어나려고 발버둥 거리지 않는다. 잠시 내가 내가 아닌 순간으로 사는 일. 비는 보이지 않고 비라는 의식만 남아 응시하게 되는 곳. 영혼만이 지배하는 세계. 현실과 무의식을 넘나들며 환幻을 부르는 곳. 비는 안과 밖의 세계를 더욱 모호하게 만드는 안개를 불러와 경계를 허물고 본래의 자기로 돌아간다. 비의 본질은 사라지기 위해 존재하는 사물이니까. 어쩌면 시조차도 나조차도.

눈, _

온다는 말. 그것은 관계의 시작이다. 긴밀하든 느슨하든지 간에. 버림과 희망을 동시에 가진 기다림으로 우리는 왜 때문에 같은 접속사들을 내려놓지 못한다. 멀리 서 있는 그녀는 아주 작게 웅크린 누에고치처럼 보였다. 기차는 아직 역에 도착하지 않았다. 아니면 이미 떠나버렸을지도 모른다. 어디선가 사람들이 우르르 쏟아져나올 것만 같은 날씨였다. 기차를 놓치는 일에는 종종 다른 종류의 입김이 끼어든다. 약속을 놓치고 사람도 놓치고 나면 시절 인연이라는 이름으로 사라지고 만다. 아무래도 상관없었다. 온다는 말은 기다린다는 말이니까. 온다는 사람 대신 방금 막 태어난 작고 하얀 얼굴을 보았다. 목화솜처럼 입을 벌린 하얀 알맹이들이 그녀의 손바닥으로 살포시 내려앉았다. 차가운 감촉에 뜨거운 기억들이 훅훅 밖으로 터져 나왔다. 이미 놓쳐버린 사람이 다시 온 것처럼. 어디선가 희미하게 포르말린 냄새가 난다. 석유 냄새였는지도 모르겠다. 한쪽 심장이 덜컹거린다. 어디선가 첫눈을 품었던 철로가 조금씩 흔들리고 있다. 땅이 흔들리고 구름의 이동이 시작됐다.

그녀는 줄타기 곡예사였다. 결혼하고 아이까지 낳았지만 줄타기를 하던 시절이 늘 그리웠다. 결국 줄타기를 하게 되지만 마지막이라도 예감하듯 그녀는 줄을 타다 일본의 알프스라 불리는 어느 계곡으로 떨어져 실종된다. 남편 소세키는 그녀가 실종된 후에 너무 슬픈 나머지 눈이 멀고 만다. 보이지 않는 눈으로 뛰어난 그림 실력을 발휘한다. 그러던 어느 날 소세키에게 시를 배우러 온 제자 유코를 통해 그녀가 혼슈 지역 어느 계곡 아래 잠들어 있는 걸 알게 된다. 결국 소세키는 아내를 찾아가 그 옆에 누워 눈을 감는다. 이 이야기는 시인 유코가 스승 소세키를 만나 진정한 시詩에 눈을 뜨는 과정을 그린 이야기(막상스 페르만, 『눈』)이다. 침묵이 어떻게 시가 될까. 하이쿠는 침묵을 듣고 침묵하는 시 같다. 마치 허공의 침묵을 읽어 침묵하는 '눈'처럼. 우리는 어떻게 '눈'을 읽어야 할까. 말을 참으면서 시를 어떻게 써야 할까. 늘 고민하지만 아직까지 침묵에 다가가는 시를 쓰지 못했다. 우리는 무슨 말(침묵)을 할 수 있을까. 하늘을 빌리면 고백은 시를 가질까. 그녀의 이름은 네에주NEIGE 프랑스어로 '눈'을 의미한다. 아찔한 공중에서 한없이 흔들리다 계곡 아래로 떨어져 얼음장 아래 잠드는 이름. 그녀가 줄타기 곡예를 좋아한 건 '균형'을 추구했기 때문이다.

삶에서 균형을 잡는 일이란 얼마나 오랜 인내와 책임을 볼모로 잡는가. 어쩌면 그녀는 균형의 피로감에 시달렸을지도 모른다. 몸의 중심은 생각에 있다. 육체가 정신과 한 몸일 때 균형이 생긴다. 그녀가 가족을 뒤로하고 왜 다시 줄을 탔는지에 대한 이야기는 없었지만 조금은 알 것 같다. 삶에서도 시에서도 균형은 여러 의미를 지닌다. 한쪽으로 치우침이 없다는 말보다 더 깊은 곳으로 내려가고자 하는 은유와 상징이다. 한학적으로는 '중용'의 의미로도 해석할 수 있는 끝나지 않을 이야기다. 차가움이 따뜻함을 만나 균형을 이룰 때 생겨나는 것이 사랑이라고 한다면 끊임없이 흔들리는 줄 위에서도 꼿꼿하게 서 있어야 사랑(시)은 완성된다. 백색과 백지에서 다른 색이 번져 나올 때까지 기다려야 하는 침묵이다. 하지만 삶에도 이유 없는 마음이 있기 마련이다. 기차도 가끔 선로를 벗어나 가던 길을 놓치는 것처럼. 침묵과 균형의 시를 찾아 우리는 늘 떠나있어야 한다.

조르주 바타유의 『눈 이야기』는 너무나 관능적이어서 오히려 바닥에 가라앉아 있던 침묵의 본질마저 헤집어놓는다. 작가는 인간의 욕망을 오줌이라는 배설물을 통해 드러낸다. 우리가 가장 더럽다고 느끼는, 수치스럽다고 느끼는, 들키고 싶지 않은, 밑바닥의 세계다. 아마 어떤 이는 음란하고 저속하다며 이 책을 불길로 내던져버릴 것이다. 작가가 이런 이야기를 쓸 수 있었던 데에는 그의 생에서 경험했던 일들과도 연관이 있을 테다. 2부 『일치들』에서 작가는 아버지의 병과 어머니의 우울증이 이 이야기에서 다른 형태로 변형되어 나타났다는 걸 짐작하게 했다. 왜 오줌과 달걀과 눈알까지 등장했는지를. 그런데 여기서 왜 흰 '눈'이 이야기 전체를 지배하는 이미지로 나타나게 되었을까. 거기에 대한 명확한 답은 없었다. 다만, '흰' 안에 감춰둔 은밀함이 '눈'이라는 카타르시스로 쏟아져 내리는 것은 아닐까. 우리가 감추고 싶은 '먼지' 같은 내면의 욕망이 '눈'이라는 이

다시 만날 것처럼 헤어졌다

미지로 세탁되어 우리 앞에 나타난 것은 아닐까 미루어 짐작만 할 뿐이다. 수전 손택은 그것을 포르노그래피라는 문학적 형식으로 접근한다. 예술의 형식에는 늘 어떤 파괴가 따라다닌다. 다수가 인정하든 인정하지 않든 어느 지점까지 흙탕물을 뒤집어쓰며 흘러가기도 한다. 그렇게 문학의 힘은 의도하든 의도하지 않았든 상상력의 지배에서 벗어나지 못한다. 그 후의 일은 독자의 몫으로 남겨둘 뿐. 기차는 어느새 연민의 눈빛으로 가득한 눈의 터널로 진입한다.

　욕망이 바닥을 드러내고 나면 연민이 등장한다. 기다림, 그리움으로 버티는 먼 곳에서 들려오는 소식이다. 일본 영화에는 유독 눈을 배경을 펼쳐지는 이야기가 많다. 이를테면 일 년의 반은 눈으로 뒤덮인 홋카이도 오타루 말이다. 모든 건물이 흰빛에 둘러싸여 마치 숨겨놓은 이야기라도 있는 듯. 오타루가 영화 〈윤희에게〉의 배경이 된 것도 그런 충분한 상징성에서 비롯됐을 터이다. 어느 날 윤희에게 "잘 지내니?"라는 문장으로 시작하는 한 통의 편지가 배달되면서 이야기는 시작된다. '윤희'가 좋아한 첫사랑은 동성의 일본인 '쥰'이었고 부모는 그런 윤희를 정신병원에 입원시켰다가 원하지 않는 남자와 결혼을 시킨다. 쥰 역시 부모의 이혼으로 일본으로 돌아간다. 윤희는 그렇게 딸 '새봄'을 낳았다. 내내 추운 겨울에 묻혀 살았던 윤희와 쥰. 그 둘을 겨울 밖으로 꺼내주고 새로운 인생을 살게 도와준 인물이 새봄이다. 우리는 살면서 선택의 순간이 오고 둘 중 어느 것 하나를 골라도 후회가 따라오는 결정을 해야만 할 때가 있다. 그걸 감당하는 몫으로 어른이라는 이름이 주어진다. 그러니 어떤 선택의 결말이든 책임이 따른다. 하지만 원인과 결과에 의한 연결도 시간이 지나면 후회는 희미해지고 다 생의 한가운데를 지나치는 기차였다고 느낀다. 흘러가는 것은 흘러가는 대로의 빛깔이 있는 것이라고.

이라는 경전

눈이 가진 가장 큰 매력은 가장 순수했던 시절로 마음을 부려놓는다는 것이다. 지금까지 내 기억 한 귀퉁이에 살아있는 그 순수한 '빛'은 초등학교 5학년 때쯤 늦은 밤 오줌 누러 나왔을 때 본 세상이다. 그때는 화장실이라고 부르기도 민망한 노천 화장실이 마당 한구석에 덩그러니 놓여있었다. 졸린 눈을 비비며 겨우 마당으로 나왔을 때 나는 그만 아찔해서 정신을 잃을 뻔했다. 전혀 다른 세상이 눈앞에 펼쳐졌다. 아무도 다녀가지 않은 미지의 세계. 마치 처음 지구에 발을 디딘 사람처럼 조심하며 마당을 가로질러 대문 밖으로 나섰다. 어떤 빛에 이끌린 초자연적인 현상이었다. 아주 캄캄해서 오히려 환한 하늘과 온통 빛으로 가득한 지상의 그 이율배반적인? 풍경이 나를 숨 막히게 압도했다. 아무도 걸어가지 않은 세상이라니. 나 홀로 그 세계에 들어와 있다니. 영화 〈나니아 연대기〉에서 주인공이 장롱 속에 나 있는 문을 열었을 때 만난 세상과 조우하는 기분이었다. 나는 한참 동안 대문 밖 올레길에 서 있었다. 보석보다 더 환한 빛이 쏟아지는 황홀감에 추위마저 잊었다. 아니 오히려 너무 따뜻했다. 살면서 그런 경험을 겪은 건 그때가 처음이다. 그 후론 한 번도 그런 기분을 느끼지 못했다. 어쩌면 일생의 단 한 순간이었던 그때. 그 황홀이 지금까지 눈에 대한 동경으로 남아있는 듯하다. 눈雪에서 흘러나오던 순수한 눈眼빛들이 뿜어내던 더운 숨결 때문이었을까. 춥고 가난했던 마음에도 희망이 움트는 기운이 느껴졌다. 나를 절망에서 끌어올린 건 한 번도 느껴보지 못했던 그 순백의 눈빛이었다. 차가운 눈 결정이 모여 어떻게 그토록 따뜻한 기운을 뿜어내는 것인지 신기할 따름이었다. 어쩌면 차갑다고 느낀 그 마음에도 누군가는 기대고 싶은 간절함이 녹아있는 것은 아닐까.

  나카야 우키치로(『과학 이전의 마음』)는 눈을 연구한 일본의 과학자다. 1932년부터 눈 결정을 연구했고, 세계 최초로 인공눈 실험에 성공한 사람이다. 그는 어떤 온도에서 눈의 결정이 만들어지고 어떤 모양으로 나타나는지를 연구했다. 이 책은 그의 연구 과정과 함께 어린 시절 이야기와 다른 에피소드들이 곁가지로 이어져 있어 지루하지 않게 읽힌다. 책에서 본 눈의 얼굴, 눈 결정은 신비로움을 너머 새로운 세계였다. 꽃이나 별, 나뭇잎 모양과 비슷해 보이지만 그것보다 더 정교하면서 독특한 문양이다. 비록 온도와 습도와 공기 중에 어떤 것들이 섞여 그런 문양을 만들어낸다고 해도 내 눈에는 다른 상상이 끼어들었다. 어떤 탄생이 만들어낸 숨은 이야기들이 눈의 결정을 만들어낸 것이라고. 눈 내린 들판에 나가 한참 눈을 들여다본다. 까마귀와 고라니가 다녀간 흔적들이 고스란히 남아있다. 눈이 내리지 않았으면 볼 수 없었던 동물의 족적이 또 한 번 나를 상상의 저편으로 데려간다. 사람처럼 일정한 방향으로 걸어간 것이 아니라 기하학적인 무늬를 그리며 걸어간 흔적이다. 눈이 아니라면 볼 수 없는 세계. 겨울에 읽는 자연의 경전이다. 겨울이라는 마음을 들여다보는 책이다.

  눈이 내리면 머리를 조이던 생각들이 빗장을 풀고 달아난다. 마음이 깃털처럼 가벼워지는 마술. 애틋하고 슬프고 아름답게 눈이 오신다. 있는 데

없는 것 같은 마음처럼 없는데 끝없이 벅차오르는 마음처럼. 영영 쓰지 못하고 떠났다가 다시 돌아온 시처럼. 그러나 끝내는 마음에 품은 한 사람으로. 그 한 사람을 읽기 위해 겨울마다 눈이라는 경전을 펼친다.

2 부

어느 한 귀퉁이가 쓸쓸하고

아름다운 이름

뺨 _

구름이 자주 얼굴색을 바꾸는 걸 보니 한여름에 도달한 모양이다. 소녀는 오늘도 결심을 지우지 않았는지 앙다문 입술이 바다를 향해 있다. 수평선을 바라볼 때면 그 대답은 더욱 확고해졌다. 울컥울컥 쏟아낼 것 같다가도 끝내 물기를 삼켜버리는 얼굴. 더 크게 넘어지기 위해. 오늘 물때는 사리다. 멀리서 파도가 거친 바람을 몰고 온다. 하루가 일주일이 되고 한 달이 일 년이 되었다. 파도는 수시로 뺨을 철썩철썩 내리쳤다. 등을 떠밀었다. 언제 떠날 거냐고 물밀 듯이 다그쳤다. 그런데 어찌 된 영문인지 고무옷이 소녀의 몸에서 떨어지지 않는다. 자꾸 바다로 떠민다. 자꾸 바다로 걸어가게 한다. 바다는 아침마다 간절한 소리로 소녀를 깨웠다. 망사리와 테왁은 저절로 그녀의 하루를 완성했다.

구름은 소녀의 굳게 다문 입을 보자 다시 표정을 바꾼다. 소녀는 이제 제주의 비바리다. 떠날 결심이 그녀를 주저앉히기까지 바다는 그녀의 호흡을 고스란히 받아들였다. 멸시와 원망의 입김까지도. 비바리 비바리하고 발음하다 보면 비바람 비바람 몰아치는 소리가 들린다. 떼래야 뗄 수 없는 이름처럼 생존을 길들이는 섬. 고래 심줄보다 더 질긴 심장으로 키운다. 그렇게 살아남은 비바리는 슬프고 아름답다. 제주에서 시집 안 간 처녀를 부르는 말, 비바리. 그 어원까지 들썩이지 않아도 갯내음이 물씬 풍긴다. 섬에서 오롯한 것들은 눈물을 다 짜내고 난 뒤의 결정체를 가지고 있다. 바다 위에서 빛나는 윤슬처럼. 햇살에 더 단단하게 뭉쳐지면서 섬의 빛깔을 새긴다. 섬은 여자를 길들였고 여자는 섬을 품었다. 고집과 집착은 섬이 길들이는 방식. 비바리는 그렇게 섬의 이름을 가졌다.

제주에는 비바리라고 부르는 이름이 또 있다. 우리나라에서 제주가 유일한 서식지인 비바리뱀이다. 처녀를 부르는 제주 방언에 붙인 이름이다. 실제로 비바리뱀의 생김새는 매우 독특하면서 아름답다. 머리와 몸통이 다른 빛깔로 구분되어 있는데 머리는 검은빛을 띠고 몸통은 갈색빛을 띤다. 길고 가늘면서 날렵하게 생겼다. 아름답다는 말과 지독하다는 말이 한통속으로 굴러간다. 강한 것과 아름다운 것을 하나로 엮어 제주 비바리라는 이름으로 불린다. 그것은 꽤 축축하다. 쥐어짜기만 해도 바다가 쏟아질 것 같다. 밀어내고 밀어내도 여성이라는 관념은 지워지지 않는다. 꼬리에 꼬리를 달고 뱀으로 환생한다. 뱀은 사람들 눈에 띄지 않으려고 몸의 색깔을 바꾼다. 그때 날씨도 달라진다. 호흡한다는 건 공기의 흐름을 읽는 일. 그것은 예민하고 민감해서 금방 구름의 생각을 읽어낸다.

무심하고 무딘 나는 뒤통수에 싸한 기운이 느껴져 나무 위를 흘깃 쳐다

본다. 대문 구석에서 한껏 보랏빛 꽃을 피우는 멀구슬나무에 구렁이가 똬리를 틀고 앉아있다. 이런 풍경은 흔하다. 몸통이 커다란 구렁이는 자주 멀구슬나무 위에서 오수를 즐겼으니까. 등줄기가 서늘하게 내려앉아 소리를 지를 수 없었다. 갑자기 공격할 수도 있으니까. 저 혼자 조용히 어디론가 사라지기만을 바랄 뿐. 뱀도 나를 신경 쓰지 않는 눈치였다. 뱀은 나무 위에서만이 아니라 부엌에서도 마루 밑에서도 간간이 출현해서 어린 나를 까무러치게 했다. 그러거나 말거나 어른들은 집을 지켜주는 신이라며 뱀을 함부로 하지 못하게 했다. 그때는 인간과 뱀 사이에는 어떤 믿음이 존재했다. 각자의 영역을 인정함으로써 서로의 존재를 존중했다. 인간은 인간으로 뱀은 뱀으로 살았다. 온전히 자기 자신으로 산다는 건 그런 것이 아닐까. 서로의 영역을 침범하지 않는 것. 그것이 삶이든 태도든. 물론 희생을 강요해서도 안 된다. 가끔 땅꾼들이 다녀가기도 했지만 뱀은 구멍이 있는 곳이면 어디서든 나타났다. 그 구멍을 뚫고 깊숙이 들어가면 뱀의 거처를 발견할 수 있었다.

단호한 세계와 여자의 바깥

동굴 안에 무시무시한 뱀이 살았다는 마을이 있었다. 제주시 구좌읍 김녕리. 이 마을에 오래전부터 굴이 하나 있는데 입구가 뱀의 머리를 닮았다 해서 김녕사굴로 불린다. 굴 안에 사는 무시무시한 뱀은 툭하면 기어 나와 마을 사람들을 위협하고 죽이기까지 했다. 도저히 견딜 수 없었던 마을 사람들은 무당을 불러 굿을 한다. 아니나 다를까. 무당은 굿을 통해 처녀를 제물로 바쳐야 마을이 조용해진다는 섬뜩한 말을 내뱉는다. 여자라는 이름은 얼마나 오래 바깥으로 버려지는 슬픔인가. 한 마을이 합심해서 연약한 여자를 죽음으로 내몬 전설은 흔하디흔하다. 희생도 비난도 모두 여자의 몫으로 돌리는 세상. 그 전설의 끝은 늘 그렇듯이 해피엔딩이 아니다. 이 마을에 부임해온 판관이 군졸을 거느리고 마침내 뱀을 찔러 죽였다. 무당은 판관에게 빨리 제주읍성으로 가라고 하면서 가는 길에 절대로 뒤를 돌아보지 말라고 당부한다. 금기는 늘 깨지기 위해 존재하는 것. 그렇게 판관은 뒤를 돌아본 죄로 죽는다. 전설은 진짜든 가짜든 시대를 반영한 거울이다. 여성과 남성의 존재 차이가 극명하게 나타난다. 살아남기 위해 누군가는 독을 품을 수밖에 없는 구조다.

그래서일까. 김녕에서 태어난 여자는 뱀의 저주를 받았다는 소문이 떠돌기 시작했다. 소문은 씨가 되었고 태어나면서부터 불행을 몸속에 지니고 있었다. 강한 것과 독한 것은 어떻게 다른가. 나의 의지와 상관없이 떠도는 소문으로부터 나를 지키기 위한 힘은 지독함으로 대치된다. 전설은 전설로 끝나지 않았다. 전설은 꼬리에 꼬리를 물고 사실처럼 퍼졌다. 일명 가짜뉴스다. 가짜뉴스는 얼마나 힘이 센지 지금까지도 김녕여자하면 독하다는 이미지가 박혀 있다. 여성은 희생양인 동시에 저주의 화살까지 받는다. 그녀를 그렇게 몰아간 것이 환경이고 시대고 사회고 우리 모두인데도 불구하고 말이다. 여성이 핍박의 대상이었다는 사실은 부정할 수 없다. 자유와 인권은 시대의 전유물에서 벗어나야 한다. 성별과 관계없이 개인과 가족, 사회, 시민이라는 이름으로 살아가야 할 우리 모두의 권리이다.

물론 우리는 어떤 몸으로 태어날지 알지 못한다. 운명이다. 싫어할수록 저주는 달려든다. 피하면 피할수록 집착한다. 트라우마를 없애려면 트라우마 안으로 들어가야 한다고 했다. 세렝게티를 펼친다. 그곳엔 리모컨만 누르면 뱀이 쏟아져 나온다. 구렁이, 살모사, 코브라, 비단뱀, 물뱀이 종류별로 크기별로 등장한다. 지구상의 생명은 다 자기만의 외모와 성격으로 살아간다. 그러나 다르다는 건 다가가기를 멈추게 한다. 서로의 마음을 읽기까지 충분한 시간이 필요하다. 인간과 다른 동물의 마음을 읽기까지는 아마 더 오랜 시간과 노력이 필요할 것이다. 서로 해치지 않는 존재라는 걸 증명해 보일 때까지. 야생에서 살아남기 위해 자기 외에 아무도 믿지 말아야 한다는 삶의 방식을 터득했을 것이다. 인간에게도 믿음은 참 고루한 방식이다. 요즘은 믿는다는 말보다 적당한 거리를 두는 관계가 건강한 삶의 태도라는 생각이 든다. 믿는다는 건 집착하고 기울게 만든다. 기댈수록 무게 중심은 버거워진다. 견딜 수 없는 쪽이 무너지면 관계는 끊긴다.

하지만 우리는 먼저 다가가 손을 내밀어야 하는 순간이 온다.

다가간다는 말은 한쪽이 먼저 내는 소리다. 상대방이 그 손을 잡을 것인지 말 것인지를 결정하기까지 서로를 탐색한다. 외모부터 행동과 성격, 가치관까지. 그러나 우리는 길게 탐색하지 않는다. 밥 한번 먹고 나서 호형호제하는 경우도 생긴다. 티키타카가 잘 되는 경우다. 웬만큼 세월을 살아보면 저절로 알아지는 것이 있기도 하니까. 그 사람의 인상과 말이 관계의 첫 단추를 끼우는 시초다.

하지만 어떤 관계는 첫 단추부터 잘못됐다는 걸 알면서도 그 옷을 버리지 못한다. 너덜너덜해서 목이 늘어나도 눈 뜨면 매일 그 옷으로 갈아입는다. 끊어내기 힘든 관계. 길들인다는 것. 몸이 자동으로 반응한다. 발을 다 자르고도 멈출 수 없는 본능이 있는 것처럼. 모든 길은 뱀을 닮아있다. 인간이 발걸음으로 길을 냈다고 생각하지만 그 유연한 흔적은 몸으로 만든 길이다. 인기척이 없는 조용한 밤마다 기어서 너에게 가던 길. 거칠고 거친 흙바닥쯤은 아무것도 아니다. 나를 알아보지 못하는 너에게 가기 위해 질기디질긴 운명을 덮어쓰는 일. 그렇게 나는 도망치고 도망쳐도 하나의 자리로 되돌아오는 생명체다. 단순하지만 복잡한 무늬로 얽혀있는 몸뚱어리. 벗어 던진 허물을 다시 주워입는 삶. 그렇게 바깥은 안을 향한 고집이다.

소녀에서 비바리로 여성으로 살아간다는 건 섬에서 그리 녹록한 일이 아니다. 육지에서 내려온 사람들은 투박하고 거친 말투를 이해하지 못한다. 소녀가 섬을 떠날 결심에서 어떻게 여기에 붙박인 삶을 살게 되었는지 생각하지 않는다. 다가간다는 말은 어떤 차별과 편견에서 벗어나려는 노력이다. 가슴으로 품어야만 알 수 있는 세계가 있다. 혀끝에서 내뱉는 독설마저도 그 출처와 경로를 알고 있을 때 우리는 웃을 수 있다. 여자는 무엇으로 살까. 여자의 바깥은 어떻게 만들어질까. 어쩌면 이런 물음들이 생명을 품고 우주를 감싸는 시선이 무엇인지 알게 할 것이다. 똬리를 튼 뱀이 풀숲으로 사라지는 걸 본다. 발이 없다는 건 축복일 수 있을까. 소리 없이 다가가 심장을 서늘하게 하는 일. 우리는 수시로 우리를 알고 있는 영혼과 조우하지만 아주 사소한 가려움 쯤으로 여기고 만다. 연약한 영혼이 아무리 우리의 바깥을 두드려도 지나가는 바람으로 여길 뿐. 그렇게 또 한 生을 어이없게 흘려보내기도 한다.

나비 _

바깥 기온은 20도가 넘어가는데 집안에서는 여전히 차가운 냉기가 만져진다. 서늘한 기운을 피해 밖으로 나왔다. 벚꽃은 만개해서 벌써 지기를 기다리는 패잔병처럼 쓸쓸한 빛이 감돈다. 여기저기 꽃들이 다투어 피어나는 봄. 그러나 꽃은 저 혼자 피거나 비상하지 않는다. 주변을 맴도는 벌이나 나비가 있어야 꽃도 자신의 얼굴을 내놓을 수 있다. 나는 꽃보다 먼저 나비의 시선을 쫓았다. 나비의 날개가 마치 꽃잎이 부활해서 날아다니는 것 같아서. 하지만 눈을 씻고 찾아봐도 나비나 벌의 흔적은 보이지 않았다. 벚꽃잎만이 나비로 가장해 내 눈을 속이고 있었다. 작년부터 이상기온으로 벌이 사라지고 있다는데 나비도? 하는 걱정이 들었다. 올해도 벌들이 미처 활동하기도 전에 일찍 꽃이 피었다고 한다. 너무 이르거나 너무 늦거나 하는 이상기온으로 생태계는 점점 무너지고 있다. 자연환경의 변화에 민감한 생물들이 사라진다면 우리 삶에도 커

다시 만날 것처럼 헤어졌다

다란 영향을 미칠 것이다. 자연에서조차 강한 것만 살아남는 약육강식의 세계로 몰아넣는 건 다름 아닌 우리 인간이다.

노자는 이렇게 말한다. '우리는 세상에 영원히 강하고 영원히 아름다운 것이란 없음을 특히 명심해야 할 것이다. 그리고 세상에 존재하는 모든 것은 아무것도 없는 것에서 생겨난 것임을 명심해야 한다'라고. 무無에서 유有가 생겨났다는 말인데 여전히 우리는 처음 이 세계가 어떻게 열렸는지는 알지 못한다. 온갖 신화와 설화가 그것들을 대신하지만 태초라는 믿음은 완벽하지 않다. 과학적으로 생명이 탄생하기까지 지구는 완전히 황폐한 땅이었다고 한다. 하지만 생명이 어떻게 탄생하고 자랐는지에 대한 뚜렷한 증거는 찾아내지 못했다. 생명이 처음 탄생할 때를 생각하면 태초는 영원히 신비로움에 묻혀 있어야 아름답다는 생각이 들기도 한다. 생명 탄생 이래로 지구는 수많은 변화를 거듭했다. 지금도 여전히 새로운 것들이 계속 창조되고 있다. 하지만 지구가 영원히 유有일 수 있을까 하는 믿음에는 여전히 확신이 없다. 어쩌면 지구는 더 이상 버틸 힘이 없을 때 또다시 태초의 무無로 돌아가는 길을 선택할지도 모르니까.

우연히 어떤 강연에서 '다시 만날 것처럼 헤어져야 한다'는 말을 들었다. 물론 말이 쉽지 다시 만날 생각으로 헤어지는 사람은 없다. 극으로 치닫는 관계의 늪을 빠져나오기 위해서는 더러운 흙탕물을 몇 번씩 뒤집어써야 한다. 그 관계를 끊어야만 봄이 온다고 믿기 때문이다. 살다 보면 예기치 않게 그런 순간들이 훅 치고 들어올 때가 있다. 의도하든 의도하지 않았든 우리는 관계라는 정신적인 연결고리의 망에 의해 살아간다. 관계가 무너지면 그 고리는 끊어진다. 고립은 인간에게 커다란 상처이면서 이 세계와의 단절을 의미한다. 하지만 꼭 그렇게 치열하게 치고받는 순간은 온다. 가족이든 연인이든 직장동료든 친구든 그 어떤 관계에서든 한 번쯤 겪어야 이 세계는 지나간다.

그중에서도 가족은 치명적이다. 끝을 낼 수 없다. 남보다 더 못해도 법적으로 맺어놓아서 함부로 끊을 수조차 없다. 우리나라는 특히 가족이라는 울타리에 묶여 사는 사람들 같다. 부모에게는 무조건 복종과 헌신해야 한다는 투다. SNS에 올라오는 글을 읽다 보면 효자 효녀가 아닌 사람이 없다. 그런 마음이 들지 않는 나는 불효자이며 망나니인가 하는 생각이 들기도 한다. 어째서 내가 태어났다는 이유만으로 부모에게 효도해야 하는가. 이런 생각마저 불순한 마음으로 치부하는 사람도 있을 것이다. 자라온 환경 탓을 하는 것이 아니다. 그럴 수 있다고. 사는 게 팍팍하고 힘들었으니까. 하지만 사랑이라는 감정을 느껴본 적이 없는데 자식은 무조건 부모를 이해하고 부모가 하는 대로 따라야 한다는 입장에는 동의하지 않는다. 세상에 무조건적인 건 없다. 관계는 그만큼의 시간과 마음이 쌓여야 진심에서 우러나오는 행동을 할 수 있다고 생각한다.

그러나 돌이켜 생각해 보면 시간이 지나면 그렇게 치열했던 순간도 망각의 강을 건넌다. 물론 완전한 무無는 아니다. 삶을 살아내기 위해 잠시 보류해야 하는 감정들이다. 어쩌면 아름답다는 말은 망각에서 오는 감각이 아닐까. 망각을 위해서는 고통과 슬픔을 마주하고 가슴을 치고 울부짖고 온갖 서러움이 폭발한 뒤에야 치솟았던 감정을 가슴 한편에 묻을 수 있다. 얼마나 오래 우리를 세상 밖으로 밀어내 절벽 끝에 매달리게 하는지. 삶은 절벽과 마주했을 때 버텨내는 방법을 배운다. 마음이 지옥일 때 그 감옥에서 벗어나기 위해서는 결국 나 자신을 버려야 한다는 사실을. 지옥 같은 마음을 망각의 강 속에 던져 넣어야 한다는 것을.

　망각이라는 강의 이름을 속명으로 지은 나비가 뱀눈나비다. 볼품없었던 누에고치의 시간을 잊지 않는다면 나비 역시 과거에 발목이 묶일지도 모른다. 오직 날아오르기 위한, 꽃과 생물들의 삶의 지속을 위해 과거는 망각의 강 깊은 곳에서 수면 위 떠오르는 번뇌를 계속 끌어당겨야 한다. 날개가 가벼워져야 꽃가루를 나를 수 있으니까. 존재는 존재 그 자체의 무게를 내려놓을 때 가장 아름다운 모습으로 날아다니는 건 아닐까.

무거운 주머니는 날아오를 수 없다

아프리카 잠비아에는 나비숲이라고 부르는 곳이 있다. 이곳에 사는 모파인 나무를 뜻하는 말이다. 모파인 나뭇잎이 나비처럼 생겨서 붙여진 이름이다. 코끼리가 가장 좋아하는 잎이라고 한다. 콩과 식물인 만큼 잎이 많아서 식성 좋은 코끼리의 주식으로도 그만이다. 모파인 나무 입장에서는 오히려 척박한 환경에서 식량을 제공함으로써 생존한다. 자신이 가진 것을 어느 정도는 버려야 생존할 수 있다는 걸 터득한 것이다.

오래전 나의 쓸모에 대해 생각했었다. 쓸모가 없다면 버려질 테니까. 무언가를 해야만 살아남는 존재. 내 존재의 양과 부피는 쓸모로 인해 채워졌다. 쓸모가 사라지지 않도록 나는 매일 매일 나의 쓸모를 만들어냈다. 쓸모가 존재의 유무를 결정한다고 믿었는지도 모른다. 그리고 나는 생전 못할 것 같았던 생선을 손질할 수 있게 되었다. 내 손으로 비린내를 만질 줄은 꿈에도 생각해 보지 않았던 일이다. 그만큼 나에겐 치명적일 만큼 끔찍한 순간이기도 했다. 하지만 막상 만져보면 아무것도 아니라는 걸 알게 된다. 이미 잘 손질된 생선도 누군가의 손에서 다듬어진 것이니 생선도 손도 아무 잘못이 없다. 정말 힘들어지는 순간이 온다면 좌판에서 생선 비늘을 벗기고 내장을 꺼내며 차곡차곡 생선을 쌓아야 할지도 모른다. 생은 어느 순간 나를 휘몰아치며 닦달을 해댈 수도 있으니. 그러니 생선 손질은 대수롭지 않은 일이다. 오징어 내장을 벗겨내다 얼굴에 먹물이 튀어도 아무렇지도 않게 되었으니.

　처연하고 치명적인 아름다움은 외면에만 있는 것이 아니었다. 나비는 그 아름다운 날개를 얻기 위해 볼품없는 날들을 견뎌야 한다. 날아오르기 위해서는 끊임없이 기다려야만 한다. 니코스 카잔차키스의 『그리스인 조르바』에서는 누에고치를 일찍 깨어나게 하려고 더운 입김을 불어 넣었다가 그대로 죽어버린 나비 이야기가 나온다. 기다려야 할 때 기다리지 못하고 성급하게 일을 그르쳐버리는 경우를 이른다. 때를 안다는 건 무슨 말일까. 종종 일찍 피는 꽃과 늦게 피는 꽃으로 그 사람이 가진 재주를 이야기하기도 하지만 쉽지 않다. 비교하지 않으려고 해도 주변이 온통 지뢰밭이다. 마음은 시시때때로 길을 잃고 방황한다. 나는 언제 삶이 나아지는 걸까 하고. 나아지는 삶이란 과연 존재하는 걸까. 그런 물음까지 이어지면 뿌리까지 흔들린다. 흔들리고 흔들려 바닥이 들릴 때가 돼서야 겨우 정신을 차린다.

　언젠가 잘못 든 숲에서 노랑나비 떼를 본 적이 있었다. 너무 황홀해서 잊지 못하고 다시 찾아가려 했지만 어딘지 찾을 수 없었다. 분명 이쯤인데 싶어서 들어가면 나비의 흔적조차 보이지 않았다. 꿈이었나. 그 순간이 일장춘몽처럼 느껴졌다. 그리고 그때 나에게 예상하지 못한 행운들이 날아들었다. 그때부터였을 것이다. 내가 봄이면 노랑나비를 쫓는 이유가. 하지만 알고 있다. 행운은 그렇게 쉽게 오는 것이 아니라고. 노랑나비는 나에게 어떤 전언을 남기고 싶었는지도 모르겠다. 날개를 가질 때까지 자신을 비우고 기다려야 한다고. 그럴 때 희망은 아주 먼 곳에서 있는 힘을 다해 날아오고 있다고. '세상에 영원히 강하고 영원히 아름다운 것은 없'다고.

　다시 12월. 나비가 보이지 않는 계절. 어디선가 새로운 날개를 준비하는 애벌레들. 내가 가진 허상의 껍데기를 하나씩 벗어 던질 시간이다. 봄에서 가을까지 내 몸에 쌓인 욕망의 찌꺼기들 바닥으로 무수히 떨어져 내린다. 바스락 밟고 지날 때마다 소스라치는 심장. 나무를 올려다보면 거친 손가락들이 어디론가 눈을 돌려세운다. 나긋나긋한 날개가 잠깐 이마를 스친 것도 같다.

사과 _

....

　　　　　푸른 심장에서 흘러나오는 빛. 우리는 그것을 청춘이라 불렀을까. 지나고 나면 어깨를 돌려 아련하게 뒤돌아보는 눈빛, 눈빛이 눈빛으로 밀려나 아득함으로 멀어지고 마는 빛. 양가의 감정이 스쳐 지나간다. 아직도 먼 데서 사과꽃이 피고 올망졸망 열매가 달리고 있을 거라는 믿음. 사과나무를 심겠다는 사람은 이제 달이 되었을까. 별도 달도 따줄 수 없어서 사과나무를 심었다는 사람. 미래는 과거에서 흘러나오고 현재는 언제나 볼 수 없다고 말하는 사람. 심장은 비바람이 거쳐 간 뒤에 푸른색을 띤다. 때로 조급함이 안쪽으로 고여 신맛이 흘러든다. 태양에 끈기 있게 맞서 단맛이 스며든다. 하지만 예고 없이 성급한 이별이 들이닥친다. 마음의 심지가 다 굳기도 전이다. 어디로든 휘어지는 가지는 붙잡을 용기가 부족하다. 붉은빛이 흘러들기도 전에 너는 내 손을 뿌리쳤다. 툭, 심장이 발밑으로 떨어졌다. 아오리라는 이름으로. 푸른 심장은 계절보다 먼저 절망을 배웠다.

　그 후로 너는 그렇게 소리 질렀다. 사과하지 마! 사과할 필요도 없고 사과받고 싶지도 않아. 미술 시간, 교탁 위에 올라온 너는 나를 향해 줄곧 그렇게 쏘아보고 있다. 싸늘하게 늘어진 그림자를 대동하고 와서. 아무도 사과를 건드리지 않는다. 미동도 할 수 없을 만큼 얼어버린 자세. 사과는 나에게 그런 자세를 요구했다. 아니, 그렇게 만들었다. 우리는 책에 박힌 언어를 맹신했으며 어른들의 입에서 흘러나온 말을 믿었다. 진리란 변하지 않는 것이라고 배웠고, 그렇게 믿고 싶었다. 정물화도 그렇게 탄생하는 것일까. 마치 본질이 그 자세에서 비롯된 것처럼. 어른이 되면서 진리가 얼마나 무서운 관념인지 알게 된다. 영웅은 악당이 되고 도덕은 파렴치했으며 왜곡된 진실이 우리의 눈과 귀를 가리고 있었다는 사실을.

　사과의 본질을 그리고 싶었던 세잔. 어떤 시점에서 보더라도 사과의 형태와 색깔을 가지고 있어야 한다는 집념. 하나의 형태와 덩어리로 남아 사과라는 이름이 더 크게 우리에게 다가오도록. 그는 사과와 인간을 차별하지 않았다. 사물의 무표정을 통해 무無로 사라지길 원했다. 사물을 알기 위해 인간을 알기 위해 사과 속으로 들어간 사람. 끝내 에덴동산의 기억을 지우려 했던 사람. 아니, 에덴이 어떤 곳인지 자신의 방식으로 다시 그리는 사람. 전생은 그림자처럼 영원히 물질 뒤에 숨어 우리를 기다린다. 내가 누구인지 무엇을 위해 사는지 어느 날 내 뒤통수를 후려치는 관념들. 우리는 사과의 전생을 잊지 못하는 사과의 부족 중 하나. 해가 구름에 완전히 가려질 때까지 그림자를 완성하지 못하고 훌쩍 어른이 된다. 떨어진

풋사과의 기억만 간직한 채.

　내가 태어난 계절은 스산하고 쓸쓸했다. 그곳의 동산이나 언덕 너머에서 불어오는 바람은 자주 버려진 기분을 데려왔다. 어떤 날은 아주아주 슬픈 허밍으로 모든 지붕이 낮게 가라앉았다. 나는 그 계절의 부족을 불투명 유리병에 담아 땅속 깊은 곳에 묻었다. 생각이 깊어지는 밤을 지나 다시 병뚜껑을 열었을 때 스산한 달빛의 기운은 사라지고 온화한 표정의 달빛을 보기 위해. 파스칼 키냐르는 말한다. '언어의 영향권에 있는 것은 모두 지겨운 것이다. 언어 없이 지내는 것은 모두 회귀해서 다시 육체와 감각과 격정의 밀도를 높인다'라고. 한 그루의 사과나무를 심겠다는 노스트라다무스의 말은 어쩌면 그렇게 지구가 만들어지기 전 티끌로 먼지로 사라져 영원히 떠도는 물질로 남아 있겠다는 말인지도 모른다. 기억과 사물이 만나 시간을 만들어내고 우리는 삶이라는 테두리에 갇혀 지난날 부족의 기억을 지운다. 죄는 둥글게 갇힌 사과다. 반쪽으로 쪼개지는 벌. 씨앗은 다시 죄와 벌을 가진 사람을 잉태한다.

　그러나 사람의 호기심은 때때로 독을 불러온다. 선악과라는 상징이 그렇게 굳어진 듯하다. 인간으로 살아남기 위해 만들어낸 관념. 태어나는 것 자체가 죄라니. 에덴이라는 낙원과 원죄를 동시에 지닌 인간이라는 굴레. 기억이라는 물질로 이루어진 몸. 끝없이 이미지로 나타나는 환영들. 무의식의 세계에서 헤어나오지 못하는 작은 씨앗. 아주 깊은 곳에 묻어둔 사과 씨앗은 어떤 그림자로 태어날까. 긍정의 맥락에서든 부정의 맥락에서든 삶은 이어진다. 희망으로 견디기도 하고 독으로 견뎌내기도 한다. 다양한 감정들이 혼재되어 때때로 가야 할 방향을 잃어버린다. 우리는 사과라는 주체에서 얼마나 멀어졌을까. 물끄러미 거울을 본다. 정물처럼 무표정하게 서 있는 나를 발견한다. 실제의 나는, 나의 부족들은 어디에 있을까.

　종종 아름다운 새들은 과일과 열매를 통해 자신의 아름다움을 뽐낸다. 코스타리카에 서식하는 긴꼬리 마나킨 새 역시 자신의 아름다움을 위해 과일로 식단을 정했다. 자신만의 무대를 꾸미고 온갖 퍼포먼스를 통해 암컷을 유인한다. 하지만 대부분 수컷이 그렇듯 임신에 성공한 뒤에는 뒤도 돌아보지 않고 떠나버린다. 버려진 아름다움만이 남은 무대. 달콤하고 아름다운 무대는 사랑이 끝나면 여지없이 평범해지거나 방치되거나 폐허의 수순을 밟는다. 암컷을 유인하기 위해 그토록 정성을 기울이지만 호기심의 유통기한은 종족 번식의 성공으로 끝이 난다.

의 부족들과 우리가 선택한 오해

인간이라고 크게 다를까. 호기심과 무관심으로 상처를 입거나 입히거나 파멸에 이르기도 한다. 호기심의 기원은 신화적 요소에 기인하지만 신화 역시 인간이 만들어낸 창작물이다. 온갖 상상력으로 불안과 미움과 불행이 어떻게 시작되는지 보여준다. 신화를 믿지 않으면서 삶은 온통 신화적 스토리로 가득하다. 물론 호기심으로 인해 과학이 비약적으로 발전하면서 인간은 큰 힘을 쓸 필요가 없어졌다. 단지 눈을 갖다 대거나 손끝으로 터치하거나 명령을 내리면 된다. 그러는 사이 점점 인간에게 무관심해졌다. 호기심과 무관심이 하나의 줄을 잡고 있다는 걸 인지하지 못했다. 호기심과 무관심이 한 손을 잡았다는 건 극과 극의 상태에서 언젠가 부딪힌다는 말이다. 나의 호기심과 너의 무관심이 부딪칠 때 그것은 비인간적인 형태를 취하게 된다. 언론에서 쏟아져 나오는 수많은 사건과 사고가 그예이다. 자극에 중독이 된 사람들과 어떤 자극에도 무관심한 사람들. 전철에서 마주치는 나와 너는 그렇게 닮은꼴이다. 그러나 아직 우리에게는 인간적이라는 말의 온기가 남아 있다. 사과가 우리 곁을 떠나지 않는 이유다. 그러니까 우리는 여전히 사과의 부족이다. 그 사과가 어떤 얼굴 어떤 성격을 띠든지 간에.

그리고 우리에게는 호기심과 무관심과는 다른 이타적인 사랑이 남아 있다. 우리가 사과의 달콤함을 포기할 수 있을까. 이타심은 나와 너를 떠나 지극히 이성적인 감각이며 초월적인 감각이기도 하다. 본능적인 사랑의 감정보다는 '사랑'이라는 본질에 충실한 정서라고 할 수 있다. 인간관계에 집착하지 않으며 미워하는 마음에서 멀어지는 것이다. 어떤 영화에서 남편의 외도를 알아챈 아내는 남편을 추궁하지 않고 자신이 다른 남자를 좋아하게 됐다며 오히려 이혼을 요구한다. 남편도 잘됐다 싶어 이혼을 하고 자신이 좋아하는 여자와 결혼을 하게 된다. 하지만 반전이 있었다. 아내는 남편의 외도를 알고 있었지만 말하지 않았던 것이다. 다른 남자를 좋아한 것도 같이 가정을 꾸린 것도 다 남편을 속이기 위해 돈을 주고 남자를 잠깐 빌린 것이었다. 그리고 아내는 말한다. 자신도 처음에는 힘들었고 죽고 싶었다고. 하지만 우연히 남편이 사랑한 여자가 편집해서 만드는 다큐멘터리를 보게 되었다. 거기서 이타적 사랑에 관한 철학자의 이야기를 들으며 조금씩 변하게 되었다고. 진정한 사랑이 무엇인지에 대해 깨닫게 되었다고 말한다. 물론 영화니까 가능한 일이라고 생각한다. 이런 상황에서 이성을 찾고 이타적 사랑을 받아들이기가 쉬운 일은 아니니까. 하지만 아내는 그로써 자유를 얻었고 평화를 얻었다고 말한다.

어쩌면 이런 걸 감각의 반응 중 '정동'이라고 부르는 건지도 모르겠다. 그러니까 '정동'은 일상의 감정작용이 아니다. 본능적인 감정에서의 이탈이라고 할 수 있다. 나의 육체에서 느끼는 감정이 아닌 바깥에서 나를 향해 다가오는 감정이라고 해야 할까. 우리가 홍옥이나 홍로, 능금, 부사를 사과라고 통 쳐서 부르는 건 사과의 육체에 불과할지 모른다. 사과의 육체가 아니라 사과의 본질을 그린다는 것. 그리고 쓴다는 것은 무엇일까. 어쩌면 그것은 정지된 사물에서조차 흐름을 읽는 것, 삶의 궤적을 찬찬히 들여다보는 것, 기억과 물질의 방향성을 읽는 데 있는지도 모르겠다. 이타적인 사랑을 할 때 진정한 에덴이 나타날지도 모르는 것처럼.

　노스트라다무스의 사과와 뉴턴의 사과는 이미 달로 사라진 지 오래다. 21세기 사과는 땅에서 자라지 않고 땅으로 떨어지지 않는다. 손에 꼭 쥐고 있다. 사과는 자기장을 가지고 양극이 생겨 전류가 흐른다. 보이지 않지만 강한 빛을 발산한다. 우리는 매일매일 사과를 본다. 사과와 이야기하며 심지어 사랑에 빠진다. 사과에 중독되는 사람들. 간절함은 두 가지 의미를 내포하고 있다. 그것이 대상일 경우 절대로 놓치고 싶지 않다는 의미와 역으로 영원히 헤어지고 싶다는 말이기도 하다. 간절하다는 건 그것으로 인해 불행하기 때문이다. 만약 성취와 관계될 경우 꼭 이루고 싶다는 소망과 꿈에서 멀리 도망가버리고 싶다는 의미인 것처럼. 물론 간절함으로 사과를 반으로 쪼갠다고 해서 사과의 본질이 사라지는 것은 아니다. 인간은 스스로 세운 규칙과 관습, 질서에 위배되지 않으려는 지독함이 숨어있다. 어느 순간 푸른 사과는 물기가 다 빠져나간 채 푸석하게 냉장고 아래 칸 구석에 처박혀 있을 것이다. 그래도 사과는 썩지 않는다. 그저 말라갈 뿐이다. 영원한 에덴의 낭만을 꿈꾸면서.

장미 _

          장미는 어느 한 귀퉁이가 쓸쓸하고 아름다운 이름. 사랑과 이별, 축하와 애도, 미안과 안녕의 다른 이름들. '장미는 장미이고 장미는 장미이다'(거트루드 스타인)라는 말은 아마 장미에 따라붙는 수많은 수식어와 이야기를 통칭하는 말인지도 모른다. 장미는 어떻게 그 많은 운명의 자리를 차지하게 된 걸까. 외모와 향기 때문일까. 아름다운 끝에는 항상 시기와 질투가 따라붙는 것처럼. 한없이 아름답다는 말은 한없이 슬프다는 말로 이어지는 것처럼. 사랑한다는 말도 미안하다는 말도 대신 전해 주던 한 다발의 꽃. 거리가 온통 꽃을 들고 있던 시절이 있었다. 서점 앞에서 카페 앞에서 공원 앞에서 사람이 사람을 기다리던 날들에 꽃이 함께 있었다. 꽃을 들고 있는 사람의 얼굴은 꽃 속이었고 나비가 몰려들기도 했다. 흥취라고 해야 할까, 거리도 사람도 모두 향기로 채워지던 때가 있었다. 있, 었, 다. 다만 있, 었, 다고.

지금은 어떤가. 가로수마다 화단이 조성되어 있지만 눈에 잘 들어오지 않는다. 비록 생화라고 해도 인공미에 가깝다. 자연미와 인간미는 상통하는 지점이 있어서 인간은 자연스러운 미에 더 끌린다. 자연스럽다는 건 뭘까. 거리엔 꽃 대신 강아지를 안고, 데리고 가는 사람들이 더 많아졌다. 살아있는 온기를 느끼고 싶은 걸까. 이제 사람들은 은은하게 눈을 감는 향기보다 바로 곁에서 느낄 수 있는 숨소리와 온기를 더 원한다. 타인을 위한 것이 아니라 나 자신을 위한 위로를 하고 싶은 것이다. 개인의 영역과 생활권을 더 중요하게 생각하는 시대다. 그래서 '당신'과 '우리'보다는 '나'와 '자기'라는 단어를 더 많이 쓰는 시절이 되었다. 인터넷이나 매체에서도 '자신을 위해 사는 일'에 더 많은 기사와 에너지를 쏟아붓는 듯하다. 그러다 어느 날 나는 이 세계에 혼자 덩그러니 남아 있는 상상을 한다. 외롭도록 무서운 시절은 언제나 가시를 뻗친 후에 새로운 꽃을 피우는 일인지 이 세계는 온통 시끄러운데 한없이 적막하다.

장미 빌라. 그 빌라 옆에는 수선화 아파트와 개나리 아파트도 나란히 살고 있었다. 장미 빌라에 살던 친구 집에 놀러 간 적이 있었다. 삼십 년 전엔 빌라에 산다는 게 꽤 있어 보이고 조금 산다는 집 같아서 부럽기까지 했다. 나도 언젠가 빌라에 사는 날이 올까 그런 생각으로 높은 벽을 올려다보곤 했었다. 작고 아늑한 세계. 그 집 안으로 들어가면 세계는 바깥과 달라 보였다. 지금은 창살 없는 감옥이라거나 획일적인 닭장 같다고도 말하지만 그 당시에는 오롯이 자신들만의 세계를 살고 있는 듯했다. 낡고 거친 습성들로 채워진 지상의 어지러움을 순식간에 잊게 했다. 마당이 있는 집에선 들락거리는 사람들도 많았고, 자연재해에 쉽게 노출되었고, 온갖 벌레가 제집처럼 드나들었다. 나만의 공간을 갖기 어려운 환경이다. 지금 나는 횟수로 이십칠 년째 한 빌라에서 살고 있다. 변화는 환경에서 환경 속의 인간으로 옮겨간다. 지금은 아파트나 빌라가 아니라 손바닥만 한 마당이라도 있는 집에 살고 싶다는 생각을 한다. 어쩔 수 없는 인간이다.

공간의 변화는 인터넷이라는 가상 공간으로 진화했다. 대면보다는 비대면적인 삶을 더 많이 추구하고 누리는 현실이다. 그래서 글을 참는다는 말은 말을 참는다는 말이기도 하다. 소셜 네트워크라는 공간은 글의 가치성보다는 말의 일회성에 가까워지고 있다. 자고 나면 수많은 글(말)이 쏟아지고 몇 시간 지나지 않아 한 사람의 일상이 고스란히 드러나기도 한다. 물론 일반화하기는 힘들다. 당연히 문학성이 높은 글 또한 실린다. 하지만 대체로 자신의 일상이나 감정을 툭 던져놓고 사라지기 일쑤인 글들이다. 무슨 음식을 먹고 지금 뭘 하고 있는지 시시콜콜 털어놓는다. 마치 커피숍에 앉아 대화하는 것처럼. 일대일 대화가 일대 다수의 대화로 옮겨갔을 뿐이다. 어떤 날은 온통 가시 돋친 말들로 도배되기도 한다. 사람들은 그런 감정에 동요하는 쪽과 무관심한 쪽으로 나뉜다. 어느 쪽도 논란을 피해가지 못한다. 동요하는 쪽에서는 흑백의 논리로 싸우고 무관심한 쪽에서는 그 둘이 합심하여 무관심으로 일관한다는 비난을 받는다. 어느 쪽도 장미덩굴의 가시가 뻗치지 않는 곳은 없다. 우리는 이제 네트워크라는 울타리에 갇혀 숨을 곳조차 없는 신세가 되었다.

결국 우리는 '빵과 장미'를 달라고 외치던 시대를 지나 디지털 세계에서

다시 만날 것처럼 헤어졌다

잊힐 권리를 외치는 시대를 살고 있다. 생계와 인간답게 살 권리를 넘어서 존재의 잊힐 권리를 주장하는 세계에 와 있다. 죽어도 끊임없이 내 이름이 불리는 세계. 꽃 진 자리에 다시 꽃이 피는 것처럼 인간은 이제 디지털 세계에서 끊임없이 부활하고 있다. 생명이란 무엇일까를 다시 생각하게 한다. 삶과 죽음이라는 뚜렷한 명제에서 점점 모호해지는 인간이라는 생명체. 물질과 영혼을 넘나들며 예측할 수 없는 우연의 사건들을 접한다. 그리고 우리는 미래라는 아직 존재하지 않는 시간을 꿈꾼다. 과거와 현재와 미래가 인간이 쳐 놓은 어떤 울타리에 의해 부서지고 망가지고 다시 조작되면서 끊임없이 새롭게 탄생하고 있다. 지금 우리는 보이지 않는 울타리 안에서 끊임없이 돋아나는 장미 넌출이나 끊어내고 있는 건 아닐까. 울타리 너머는 쳐다보지도 않은 채.

울타리의 체제 혹은 체계

'1936년 봄, 한 작가가 장미를 심었다'. 리베카 솔닛의 책 『오웰의 장미』 첫 문장이다. 제목에서 밝힌 것처럼 이 책은 조지 오웰의 삶과 작가적 철학에 관한 이야기라고 할 수 있다. 그는 사회주의자이면서 무정부주의자의 길을 걷기도 했지만 닭을 키우고 꽃을 심는 일에 매우 골몰한 사내였다. 그렇다면 장미와 사회주의는 어떻게 한 울타리 안에 들어오게 되었을까. 이 책에서 오웰의 글은 '권위주의와 전체주의, 거짓말과 프로파간다(그리고 대충 넘어가기)로 인한 언어와 정치의 타락, 정치적 자유의 근간인 프라이버시의 잠식 같은 주제로 널리 알려졌다'라고 말하고 있다. 또 오웰의 무정부주의자 친구 조지 우드콕은 '그의 자기 재생 능력은 그가 평범한 것, 하루하루 살아가는 평범한 경험, 그리고 특히 자연과의 접촉에서 누리는 기쁨에 있었다'라고 말하면서 '행복은 마치 끝없는 햇살처럼 지속적인 상태로 상상되는 데 비해, 기쁨은 번개처럼 번득이는 것이'라는 말로 오웰이 자연에서 누리고 있는 기쁨에 대해 피력하고 있다. 어떤 체제와 신념 사이에 감정의 변화를 중화하는 것은 자연이라는 말이기도 하다. 우리는 정치적 체제와 시대적 사회체계 안에서 살아갈 수밖에 없다. 나와 맞지 않든 불공정하든지 간에. 그곳에 매몰되어 살아가는 일 또한 체력적으로 힘든 일이다. 체제와 체계를 위해 싸우되 자연의 감각을 잃지 않을 때 행복이나 기쁨도 우리 곁에 머물면서 우리를 지탱하게 하는 것은 아닐까.

또 마이클 폴란은 『욕망하는 식물』에서 말한다. "우리는 길들이기라는 것을 우리가 다른 종에 대해 행하는 무엇으로 생각하지만, 반대로 특정한 동식물이 살아남기 위한 영리한 진화의 방편으로 우리에게 행해온 무엇이라 생각하는 것도 일리가 있다."(『오웰의 장미』에서 재인용)라고 말한다. 그러니까 인간이 생물체를 길들였다기보다 오히려 생물체가 인간을 길들였다고 말할 수 있다는 것이다. 체제는 이렇게 뒤바뀐 걸 모르는 채 흘러가기도 한다. 정신을 차려보면 어느새 흘러가는 대로 삶을 살고 있다. 생각하는 대로 살지 않으면 울타리는 썩어간다. 장미가 울타리를 덮어 울타리가 보이지 않는다는 걸 모르게 된다. 울타리와 장미의 관계는 서로를 알아차릴 만큼의 간격이 있어야 한다. 서로의 자리를 지키면서 각자의 아름다움을 드러낼 때 체제는 다양성과 모순을 알아차리며 균형을 이루려할 것이다.

나는 여전히 가시가 많은 사람. 내 울타리 안에 들어오기도 힘들고 내 울타리를 내가 넘어가기가 힘든 사람. 원칙주의자이면서 이중적인 면도 없지 않으니까. 상황에 따라 신념이 흔들리기도 하니까. 나와 다르다는 걸 인정하는 것과 그 다름이 내가 지켜온 어떤 기준에서 벗어나는 것과는 다르다. 가치관이나 신념이 어긋날 때 지금까지의 나는 돌아서는 쪽을 택했었다. 그래서 어떤 관계는 더 이상 기차가 들어오지 않는 폐역으로 변하기도 한다. 차단기는 영원히 올라가지 않은 채 계절마다 잡풀로 채워지는 풍경. 그 잡풀 사이로 장미가 핀다면 나는 좀 달라졌을까. 절대로 변하지 않는 신념도 가치도 존재하지 않는다는 걸 미리 알았다면 말이다. 장미가 오고 장마가 오고 세상은 그렇게 돌고 돌아 자신의 자리를 찾아갈 때 가시가 있어도 꽃이 더 아름답게 돋보이는 건 아닐까.

다시 만날 것처럼 헤어졌다

음악 _

  목소리도 아니고 기타도 아니고 피아노도 아니다. 대금이나 소금도 아니다. 아니 그 모든 것이다. 음악이 단지 듣는 행위가 아니라 대상이라고 처음 느꼈던 때는 이성복 시인의 『정든 유곽에서』라는 시에서였다. '누이가 듣는 음악 속으로 늦게 들어오는/남자가 보였다 나는 그게 싫었다 내 음악은/죽음 이상으로 침침해서 발이 빠져나가지/못하도록 잡초가 돋아나는데'라는 시구. 이 문장에서 '음악'은 '누이'와 '나' 사이의 이질감 혹은 변화로 인해 달라지는 혼란스러움을 상기한다. 시를 해석하거나 해설하고자 하는 것이 아니다. 단지 '음악'이라는 단어가 시에서 매개체 혹은 발화의 대상으로 연결된다는 생각에 처음 이 시를 읽었을 때의 충격을 잊지 못한다. 처음 시를 쓰겠다고 다짐했을 때였는지도 모른다. 그러면서도 나는 죽어도 이런 시를 쓸 수는 없겠구나 하는 어떤 좌절을 먼저 맛보기도 했었다.

음악은 과연 무엇일까. 무엇이길래 심금을 울린다느니 혼을 빼놓는다느니 하는 걸까. 어디서 오는 감정일까. 어릴 때 만화영화에 빠져서 '캔디'나 '빨강머리 앤', '마징가Z', '코난' 뭐 그런 노래를 줄기차게 들으며 따라부르던 시절이 있었다. 세상이 어떻게 돌아가는지는 관심이 없고 오로지 눈앞에 보이는 아름다움에 마음이 온통 빼앗길 나이였다. 초등학교 5학년 무렵 담임선생님이 새로 부임해 오면서 획기적인 수업 방식과 함께 처음 듣는 노래를 가르쳐 주셨다. 얼마나 강렬했는지 지금도 그 멜로디를 잊을 수 없다. 아마 민주화 열풍이 거세게 불어 닥친 시기라 그런 노래를 들려주지 않았을까 싶기도 하다. 첫 부임이었고 혈기 왕성한 이십 대였으니까. 그때 배운 노래 중 기억에 남는 노래 가사는 '살찐 강아지 한 마리 어어 철뚝길로 뛰어가요 새끼 염소도 한 마리 어어 강아지만 쫓아가요'와 '장막을 걷어라 너의 좁은 눈으로 이 세상을 떠 보자'라는 노래다. 훨씬 나중에야 노래의 의미를 알게 됐을 때 뭐랄까 강렬하게 소름이 돋았다. 나의 이십 대에도 민주화에 대한 열망으로 데모가 끊이지 않을 때였다. 물론 나야 어떤 목소리도 낼 수 없었지만 친구들과 노래로 힘을 한데 모으곤 했었다. 시절은 노래로 남아있고 노래는 어쩌면 시절의 기억인지도 모른다. 그때 흘린 피와 눈물이 고스란히 노래에 스며들었는지도.

한 번 꽂힌 노래는 종일 지겨울 때까지 듣는 버릇이 있다. 멜로디가 온몸에 스며 골고루 퍼져 피가 되고 살이 될 때까지. 그래서 지겨워지면 한동안 듣지 않기도 한다. 별로 좋지 않은 버릇이다. 팝송이든 가요든 피아노곡이든 뭐든 그렇다. 원래 한 번 나에게 온 것들은 오랫동안 가지고 있

다시 만날 것처럼 헤어졌다

는(사람이든 사물이든 취미든) 편인데 노래는 참 이상하게 한 번에 체할 때까지 듣는 버릇이 있다. 멜로디가 나를 장악해서 더 이상 놓지 않으면 안 될 때까지. 어떤 날은 새벽까지 듣다가 아침을 맞기도 했다. 대체 노래가 뭐길래 이렇게 집요하게 내 속을 파고드는 것일까.

　장르를 가리지는 않지만 유일하게 듣지 않는 노래는 트로트다. 트로트를 들으면 멀미가 쏟아지던 기억으로 현기증이 먼저 생긴다. 어릴 때 고향 집으로 내려갈 때 시외버스를 타고 다녔는데 그때마다 버스 안에서 트로트가 흘러나왔다. 트로트 때문이었는지 버스의 흔들림 때문인지 모르겠지만 멀미를 주체할 수 없어 거의 실신 지경에 이르렀다. 그때부터 버스와 트로트는 한 몸이 되어서 나를 괴롭혔다. 집에 가는 일보다 버스를 타야 한다는 생각 때문에 미치도록 괴로웠다. 사람들은 '무슨 그런 일로'라고 쉽게 말할지 모른다. 하지만 그 고통을 겪어보지 않으면 모른다. 속이 메스껍고 위로 계속 올라오는 느글거림을. 한 시간을 버티기가 쉽지 않았다. 버스에서 내린 뒤에도 어지러움과 두통이 계속 딸려와 아무것도 할 수 없었다. 그래서 어디선가 트로트가 들리기만 해도 멀미가 자동으로 생산된다. 그 뒤로 꽤 오래 버스를 타지 않게 되었고 운전을 하면서 멀미는 사라졌다. 지금은 가끔 버스를 타는데 예전만큼 멀미가 심하지는 않았다. 아마 심리적인 문제도 있었을 테고 지금은 예전처럼 버스에서 트로트 음악을 크게 틀지 않아서일 것이다. 물론 지금도 시외버스를 타려면 꽤 용기가 필요하긴 하다.

피가 되고 살이 되어

노래의 힘은 어디까지일까. 아주 오랫동안 기억에서 지워지지 않는 멜로디는 좋거나 나쁘거나 각인되는 기억으로 남는다. 막 중학생이 되었을 무렵이었다. 새벽에 요의를 느껴 화장실에 가려고 억지로 몸을 일으켜 세웠다. 방문을 열고 마루로 나서는데 라디오에서 노래가 흘러나왔다. 화장실에 가려던 생각은 까맣게 잊고 그 자리에 멈춰버렸다. 가수 조동진 님의 '제비꽃'이었다. 어두컴컴한 새벽에 조곤하게 울려 퍼지던 그 목소리는 육체를 떠나 영혼에 폭 꽂혀버렸다. 그 뒤로 한동안 조동진 님 노래에 빠져 살았다. 테이프가 늘어져 더 이상 들을 수 없을 때까지. 목소리가 갖는 힘은 어디까지일까. 인류가 사라지기 전까지 목소리는 사라지지 않을 것이다. 그러고 보니 우주선에 음반을 실어 보냈다는 뉴스를 본 적이 있다. 지구인을 알릴 수 있는 방법 중 하나였다. 우리는 우주인들이 듣는 노래를 생전에 들을 수나 있을까. 음악이 주는 신비로움이 어디까지인지 모르는 채 살아가겠지.

반복되는 리듬이 갖는 힘인가. 중고등학생 시절에는 주로 팝송을 들었다. 당시 영화와 맞물려 팝송의 시대가 열린 듯도 하다. 물론 발라드풍의 가요도 쏟아졌다. 아마 내가 당시에 가장 좋아했던 노래는 김창완 가수, 김광석 가수, 동물원 등이었던 것 같다. 나머지는 주로 팝송 계열을 들었다. 그때 들었던 팝송이 라디오에서 흘러나오면 그 시절의 등굣길과 친구들, 만화방 그런 것들이 떠오른다. 어딘가에 매몰되지 않으면 견디기 힘든 날들이었다. 아프면서 씁쓸하면서 풋풋한 사과향 같은. 발랄하면서 우울한 리듬이었다. 그 시절엔 그 음이 주는 느낌을 정확하게 몰랐다. 지금은 동시에 여러 감정을 느낄 수 있다는 것이 노래의 힘이 아닐까 싶다. 노래도 시도 한 편의 이야기라고 한다면 그 안에는 여러 감정이 뒤섞여 있을 것이다. 그러니 온전히 경쾌한 리듬이라고 해서 경쾌하게만 들리는 것은 아니다. 그 안엔 희로애락이 스며들었기에. 그 당시에는 마이마이라고 부르던 조그마한 카세트가 있었는데 라디오에서 좋은 노래가 흘러나오면 공테이프에 녹음해서 듣기도 했다. 테이프가 늘어질 때까지 듣던 노래들. 언제 어디서나 듣고 다니던 그 작은 사물이 내게 주던 위안을 잊지 못한다. 그러니 내가 껴안고 있던 음악으로 한 시절을 버텼다고 해도 틀린 말은 아니다.

얼마 전 친구들과 LP바에 간 적이 있다. 스무 살 무렵 들락거렸던 음악다방?의 분위기를 연상시키는 곳이었다. 지금도 이런 곳이 있다니. 들어서자마자 흔히 말하는 7080의 노래들이 쏟아져나오고 있었다. 한 테이블에서 자신들의 신청곡이 나오자 환호를 지르며 따라불렀다. 조용히 듣고 싶었지만 요즘 보기 힘든 광경이라 놀랍기도 하고, 그 시절의 분위기를 고스란히 자아내고 있어서 그냥 즐기기로 했다. 술을 마시며 신청곡을 듣는 곳이라 그런지 의자가 들썩거리는 꽤 발랄한 분위기를 풍겼다. 꽤 오랜 시간이 흐르고 수많은 노래가 쏟아져 나오는데도 저절로 노래를 흥얼거리게 되는 곡들. 마음에 뿌리를 내려 내 몸에 피가 되고 살이 되어 나로 살아가는 것. 그것이 음악의 힘일까. 나로 살아가는 데에는 세상 모든 것들로부터 만들어진다는 것. 그리고 먼지로 흙으로 돌아가 다시 생명력을 가진 무엇으로 흥얼거리게 되는 건 아닐까. 꽃 피는 힘이 그곳에서 나오는 건 아닐까.

꿈 _

입안에서 계속 같은 말이 맴돈다. 이 말을 어
딘가로 뱉어내야만 한다. 답답함은 자정을 훨씬 넘기고도 계속 굴러갔다
굴러온다. 눈덩이처럼 부풀어 오른다. 말은 말의 꼬리를 잡으며 달린다.
멈출 생각이 없다. 이해하지만 납득할 수 없다. 이것이 내가 내린 결론이
다. 이해는 상대방의 입장이고 납득은 나의 입장이다. 그러니 상대방 입장
에서 보면 이해는 되지만 내 입장에서는 받아들이기 힘들다는 말이다. 이
해한다는 말은 상대를 온전히 다 흡수한다는 의미는 아니다. 타협점이 없
는 상황에서는 벗어나기 위한 방책으로도 쓰인다. 그런 생각들이 머릿속
을 채우기 시작하면 처음 입안에서 굴렸던 말은 금세 안드로메다까지 날
아간다. 생각의 꼬리는 토네이도처럼 어찌나 한곳으로만 휘몰아치는지.
그렇게 심장에 단단한 철심 하나 박아놓은 뒤에야 말의 후렴구는 서서히
잦아든다. 창문이 바깥을 드러낼 때쯤 겨우 말을 놓아주는가 싶더니 어디

선가 눈앞에 자루 하나를 툭 떨군다.

　자루를 열어야 할까 말아야 할까 고민에 빠진다. 자세히 보니 자루는 조금씩 꿈틀거렸다. 이 안엔 아마도 내가 생각하는 그 징그러운 무엇인가가 들어있을 거야. 내 얼굴로 쏟아지는 상상을 한다. 어쩌면 전혀 다른 무엇이 쏟아질지도 모른다. 궁금한 건 참을 수 없다. 저걸 열어서 확인하기까지는 아무것도 할 수 없다. 보이지 않는 걸 굳이 확인하려는 습성. 판도라의 상자는 늘 그렇게 열린다. 조심스럽게 자루를 풀어보려고 끈을 잡아당긴다. 그 순간 띠리리리~~갑자기 울리는 기계음. 자루는 순식간에 자취를 감춰버린다. 그 안에 들어있는 것이 뱀이었는지 황금이었는지 확인도 하지 못한 채. 물론 내가 버리지 못한 쓸데없는 미련이나 오해 덩어리일 확률이 높지만. 꿈이다. 그 잠깐 사이 아이러니하게도 불면은 꿈으로 연결된 작고 가느다란 사다리 하나를 나에게 놓아준 것이었다.

　종종 기분이 좋은 상태이든 나쁜 상태이든 어떤 들뜸이 있다. 그 들뜸은 좀처럼 아래로 가라앉지 않는다. 아무리 무거운 누름돌을 올려놓아도 떠오르려는 원심력을 이기지 못한다. 불안은 그런 들뜸이 계속 진행되고 있는 상태다. 나도 알고 있다. 이 불안이 어디서 오는지. 그래도 멈출 수 없다. 만성이 되었다는 건 그렇게 굳어진 하나의 양식이거나 혹처럼 붙어사는 기생의 삶이다. 지구에 기생 아닌 것이 어디 있을까마는. 어쩌면 기생. 그것은 생명이 존재하는 이유일 것이다. 어떤 것도 그냥 툭 떨어진 건 없다. 외로움도 다 기생에서 떨어진 부스러기들이다. 그것이 무엇을 먹고 자라는지도 알고 있다. 조급함, 미래, 걱정, 비교 등등 하지 않아도 될 앞선 생각에 대한 대가였다. 정신과 육체를 오른쪽과 왼쪽 주머니로 분리해서 넣고 다닐 수는 없는 걸까.

불면은 오랫동안 나를 힘들게 했다. 늘 불안과 조급함에 시달린 환경에서 시작된 버릇이었다. 불면을 고치기 위해서 좋다는 건 다 해봤다. 불면에 좋다는 음식이나 차도 마셔보고 약도 먹어보고 운동도 해 보고. 뉴스든 어디서든 말하는 방법은 치료법은 거의 대동소이했다. 무조건 자고 일어나는 시간을 지키라는 것이다. 지금도 그런 여러 가지를 다 시도하고는 있지만 크게 달라진 건 없다. 새벽녘이 되어서야 겨우 눈을 붙이는 습관은 여전하다. 그렇게 너무 오래 불면을 겪다 보니 자연스러워졌다고나 할까. 불면 또한 나 자신이라는 생각이 들었다. 어느 날 타협하기로 마음을 먹었다. 잘 지내보자고 먼저 손을 내밀었다. 내 악수를 받아들였는지 그날부터 불면에서 조금 자유로워졌다. 불면을 스트레스로 받아들이지 않기로 한 것이다. 물론 치유라든가 완치는 없었다. 세상 모든 병에 완치가 있을까. 생명은 어디든 조금 불편함을 감수하며 살아가는 존재가 아닌가. 어쨌든 그 협상의 대가로 받은 것이 꿈이다. 그러니까 꿈을 꿨다는 건 얕은 잠이나마 잤다는 증거가 된다. 어떤 날은 단편을 쓰듯 꿈을 꾼다. 몇 개의 꿈 중 진짜 알맹이는 무엇일까. 길몽과 흉몽이 섞여 있는 꿈. 삶은 늘 그렇게 양날의 검을 쥐어주고 선택이라는 갈림길에 세워둔다. 잔인하게도. 꿈의 해석으로 유명한 프로이드는 인간의 욕망이 무의식으로 나타나는 것이 꿈이라고 했다. 물론 무의식이라는 말 자체가 과학적이기보다 주관적인 영역이다. 근거 역시 주관적인 해석이기 때문이다. 인간의 욕망은 개인마다 달라서 무의식의 형상도 환경에 따라 다르게 나타날 것이다. 과학으로도 밝힐 수 없는 그 무엇, 생명의 시작이 어디서부터인지 추측만 할 뿐 명확하게 떨어지지 않는 것처럼. 그렇기에 우리가 겪는 초자연적인 현상이 때로 기적이라는 이름으로 또 행운이라는 이름으로 나타나는 것이 아닌가.

불안과 동거

한때 꿈을 맹신했었다. 신기할 정도로 들어맞았다. 어떤 결과를 기다리기 전에 항상 꿈을 꾸었고 해석에 따라 길과 흉으로 갈렸다. 간절한 마음이 꿈으로 들어올 때는 확률이 꽤 높았다. 특히 동물이 나오는 꿈이 제일 잘 맞았다. 주로 뱀이 나오는데 실뱀이거나 큰 뱀이거나 한 마리거나 여러 마리가 나오기도 한다. 가장 좋은 꿈을 꿨을 때는 새끼 악어들이 내 다리를 물었을 때다. 기적 같은 일들이 연달아 일어났었다. 하지만 꿈만 꿨다고 해서 절대로 그냥 얻어지는 건 없었다. 내가 하지 않은 일에서 횡재가 일어나는 그런 운은 없었다. 아무것도 하지 않으면 아무것도 내주지 않았다. 간절하게 무언가를 하지 않으면 꿈도 오지 않았다. 꿈에서 숫자를 불러주었다거나 조상님이 나타났거나 하는 일확천금의 꿈은 아무리 애써도 오지 않았다. 가질 수 없는 걸 꿈꾸는 건 그저 욕심일 뿐이었다.

그런데 말이다. 믿거나 말거나이지만 고작 사흘이라고 한다. 작심삼일도 아니고 꿈의 유효기간이 사흘이라니. 사흘 안에 꿈이 실행되지 않으면 아무리 좋은 꿈도 개꿈이라는 말이다. 흉몽을 꿨을 때는 빨리 벗어날 수 있는 말이기도 하다. 또 어떤 이는 꿈의 유효기간이 몇 개월 이내라고 말하기도 한다. 어떤 것이 맞는지 알 수 없지만 꿈이 오래 지속되는 건 아니라는 생각에는 동의한다. 거의 매일 꿈을 꾸고 욕망도 계속 바뀐다. 구체성을 띤 관념이 꿈이라면 해석은 각자의 몫이다. 해석에 따라 길몽이 되기도 하고 흉몽이 되기도 한다. 이왕이면 좋은 쪽으로 해석하겠지만. 꿈은 반대로 해석하기도 하고 그대로 해석하기도 한다. 그러니 어느 쪽을 믿든 결정은 내 몫이다. 아니면 말고 식이다. 그렇다고 무시할 수도 없다. 육체는 정신이 하는 말을 곧잘 듣는 편이니까.

　고양이는 하루 24시간 중 20시간 잠을 잔다고 한다. 깨어있는 시간이 거의 없다는 말이다. 그 긴 시간 잠을 자면서 꿈도 꾸는 걸까. 동물의 꿈엔 누가 등장할까. 먹이사슬의 최고 위치에 있는 인간이 등장할까. 인간에게 학대를 당한 동물은 비슷한 상황에 놓이면 심하게 트라우마에 시달린다고 한다. 트라우마는 꿈으로 대체될 수도 있다. 트라우마의 대상은 주로 인간이다. 참 아이러니하게도 인간과 동물은 서로의 꿈을 드나들며 지배하는 관계가 되었다. 때로는 좋은 영향으로 또 때로는 악몽으로 말이다. 꿈은 대체 어디서 온 것일까. 때론 꿈에서 꿈을 꾸고 있다는 사실을 인지할 때도 있다. 그래도 내가 꾸고 싶은 상황으로 흘러가지는 못했다. 늘 잡힐 듯 아스라이 그러다 깨어난다. 무의식은 얼마나 깊은 자신이길래 아무리 퍼내고 퍼내도 바닥이 보이지 않는 것인지. 물론 가끔 꿈이 나를 밀어내는 바람에 몸이 들썩거리다 깨어나는 순간도 있다. 마치 꿈에서 현실로 떨어지는 기분이다. 두 개이면서 하나이고 하나이면서 무수한,

　때죽나무 아래 꽃들이 떨어져 있다. 밤새 무엇엔가 시달린 누런 빛이다. 꽃은 나무의 꿈이었을까. 문득 나도 누군가의 꿈이었을까 하는 생각. 발아래 자신의 무덤을 놓아두고 잠을 자는 나무는 어떤 생각일까. 삶에서 지나친 우연이 환생한다고 한들 한낱 꿈으로 와서 꿈으로 잊히는 인간인 것을.

3부

아무도 오지 않아서

아무를 생각할 수 있는 시간

유리 _

        망치로 유리를 깨고 있었다. 처음에는 부서질 듯 요란한 소리와 어디로 튈지 모르는 파편이 무서워 선뜻 망치를 잡지 못했다. 쨍, 쨍, 쨍쨍. 눈을 질끈 감고 내리치기 시작하자 다음은 자동으로 완성되는 문장처럼 자연스럽게 망치질이 이어졌다. 찢어질 듯한 소리가 오히려 리듬처럼 느껴졌다. 그 촘촘하던 세계가 마침내 부서질 때 내지르는 소리는 고요의 다른 이름이었다. 산소호흡기에 의존하다 마침내 안락사에 이른 노인의 얼굴이었다. 오래된 나무틀에 끼워진 유리를 잘게 깨부숴 자루에 차곡차곡 담았다. 그 얇은 층에 켜켜이 쌓인 생의 무게가 얼마나 무거운지 도저히 혼자 힘으로는 들 수 없었다. 그래, 너는 모래에서 뜨거운 불을 견뎌 유리의 몸을 가지고 온몸으로 태양을 받아들이다 결국 차가운 얼굴로 생을 마감하는구나. 노인은 희미하게 웃었다.

        생각이 많아졌다. 글을 쓰는 일이 어쩌면 고통을 묘사하는 일이라는 생각에 화면 가득 일그러진 초상들로 넘쳐난다. 내가 쓰고 싶었던 건 뭘까? 존재의 근원이라고 말하고 싶지만 그건 내 능력 밖의 일이다. 유리가 유리일 수밖에 없는 이유에 대해서도 나는 아는 게 없다. 단지 정수리를 뚫고 날아간 빛. 이마에 부딪혀 갈비뼈가 부러진 새. 옆구리를 찌르고 도망가는 저녁. 복부를 강타하던 거센 바람. 뺨 위로 끝없이 흘러내리던 차가운 눈물. 내 손을 잡지도 못하고 녹아버리던 흰 눈. 혼자 외벽에서 떨고 있던 불안한 어깨. 끝내 산산조각으로 부서질 때까지 지르던 괴성과 울부짖음만이 내가 본 네 모습이다. 그리고 보이는 것과 보이지 않는 마음이 수시로 드나드는 허공을 잠깐 올려다봤을 뿐이다.

유리의 주재료는 모래다. 모래는 섭씨 1,700도 이상 온도를 높여야 액체 상태가 되는데 유리는 모래에서 규소 성분만 뽑아낸 것이다. 규소는 매우 단단한 암회색 고체로 순도가 높은 규소는 수정이나 보석의 모습으로 존재하기도 한다고 한다. 가끔 유리가 보석처럼 반짝거리는 것처럼. 햇빛이 유리에 부딪치면 강렬한 흰빛이 쏟아지는 것처럼. 우리도 진짜 인연을 만났을 때 보이지 않지만 서로 이어진 어떤 빛을 감지하게 된다. 혼자 힘으로 해낼 수 없다고 생각했던 일도 어떤 에너지에 의해 해내고야 만다. 각자 따로 존재하던 대상에 다른 대상이 끼어듦으로 인해 새로운 에너지를 만들어내는 것, 어쩌면 우리는 그것을 기적이라 부르는지도 모르겠다. 살면서 종종 기적 같은 일을 만난다. 아주 작은 모래알에서 투명한 유리가 되어 반짝거리는 일을. 사람에게도 알 수 없는 기운들이 모여 빛을 발한다. 모든 생명체 아니 사물이라고 부르는, 보이지 않는 공기와 먼지 속에서도 우리는 영혼이 있다고 믿는지도 모르겠다.

　캄캄한 동굴에서 벗어나 눈부신 빛을 맞으며 눈을 떴을 때의 기분은 어땠을까. 새롭지만 낯선 세상을 살아가야 할 두려움으로 가슴이 쿵쾅거렸을까. 눈부신 삶을 살아가리라 다짐도 했을 테다. 하지만 삶은 살얼음판처럼 아슬아슬하고 유리처럼 금 가기 쉽다. 고층 빌딩에 매달려 유리창을 닦으며, 쉼 없이 돌아가는 기계에 손을 밀어 넣으며 살아가야 한다. 살다 보면 평범하게 사는 일이 얼마나 어려운 일인지 알게 된다. 티끌 없고 파편 없는 삶은 없으니까. 우린 알고 있었을까. 살아있다는 건 가슴을 퍼내고 퍼내도 상념이라는 모래알갱이가 남는다는 걸. 그래도 나는 모래를 끌어안고 싶었다. 모래가 불을 만나 투명한 빛이 생겨나는 마술 같은 이야기를 믿고 싶었다.

　너를 처음 만났을 때의 떨림 같은 것. 하지만 산통이 너무 큰 나머지 나는 너를 모른 척했다. 젖을 물리지도 않았다. 너는 내 속으로 파고들어 왔지만 그럴 때마다 뒷발로 차 냈다. 내 고통은 너로 인해 생겨난 것이니 너를 보고 싶지 않았다. 인간적이라는 말도 너무나 인간적이라서 두통을 몰고 온다. 누가 이 슬픔을 대신할 것인가. 생명의 숭고함은 타자의 시선과 가치라는 본래에서 생성된 것은 아닐까. 순수한 가치라는 것이 존재할까. 복잡한 생각이 끼어드는 사이 어디선가 구슬픈 음악이 들린다. 내 피와 뼈에 그대로 녹아든다. 대체 무엇이 내 의지가 아닌 다른 기운을 불어넣는 것인가. 누군가 내 옆에서 마두금을 연주하고 있다. 어느새 눈물이 모래로 툭 떨어진다. 중국의 문장가 유협은 "대체로 음악은 마음의 움직임에 근

본함으로 그 음향은 근육과 골수에 묻힌다"고 하였다. 그 가느다란 줄에서 흘러나오는 음이 내 몸에 새로운 피를 집어넣은 것이다. 내가 너를 끌어안을 수 있도록. 슬픔은 참 힘이 세다. 모래에 떨어진 수많은 탄생의 눈물을 머금고 나는 유리로 태어났다.

스스로 선택할 수 없는 죽음에 대해

길에서 죽은 동물들을 자주 본다. 어떤 날은 고양이가, 비둘기가, 개가, 사슴이 처참한 형태로 누워 있다. 차에 치여 형체를 알아볼 수 없을 정도다. 그리고 아무도 치워가지 않는다. 바퀴 자국에 눌리고 눌려 결국 그곳에 사체가 있었다는 사실까지 지워버린다. 문명은 많은 것을 죽음으로 내몰고 있지만 아무도 책임지지 않는다. 자신이 선택한 죽음이든 선택하지 않은 죽음이든. 스스로 선택할 수 있는 죽음이 있기는 할까. 자살 역시 외부의 압력과 이유로 인해서 어쩔 수 없이 죽음을 선택하는 경우다. 아프고 병들어도 산소호흡기에 의지하면서 숨이 멈출 때까지 기다려야 한다. 자신이 태어나고 싶은 대로 태어날 수도 없고 죽고 싶다고 함부로 죽을 수도 없는 존재라는 이유. 인간은 생로병사의 테두리를 벗어날 수 없는 자연의 일부라는 사실을 일깨워준다.

그 시간, 그 공간에 내가 있었던 게 잘못일까. 그러니까 시월 달력을 하루 남겨놓은 날이었다. 할로윈데이가 가까워 주말을 보내기 위한 사람들이 이태원 거리로 몰렸다. 들뜬 마음이 골목에 가득 찼다. 하지만 갑자기 거리는 아수라장이 되었다. 수많은 인파에 떠밀려 압사하는 참사가 벌어진 것이다. 내가 죽음을 목격할 수밖에 없었던 일이, 내가 죽을 수밖에 없었던 일이 잘못일까. 시공간을 벗어나서 인간을 이야기하기는 어렵다. 그러니 어떤 시 · 공간을 선택하느냐는 개인의 자유이다. 그곳에서 무슨 일이 벌어질지는 아무도 모른다. 갑자기 싱크홀이 발생할 수도 있고, 배가 가라앉을 수도 있고, 건물이 무너질 수도 있고, 사람에 깔려 죽을 수도 있다. 내가 스스로 선택한 죽음이 아니라는 말이다. 그러나 사람들은 나의 죽음에 대해 할 말이 많은가 보다. 내가 왜 그곳에 갔는지가 그토록 중요한가. 낭떠러지와 늪이 아닌 이상 어떤 거리든 걸어 다닐 명분은 충분한데. 앞으로 일어날 일을 미리 안다면 날카로운 파편이 우리를 찌를 거라는 걸 알면서 유리창으로 돌진하는 일은 없을 것이다. 그 연약한 가슴으로 허우적거리는 일은 없었을 것이다. 하지만 나쁜 일은 순식간에 벌어지고 자고 나면 세상은 온통 슬픔으로 가득 차 있다. 가슴 쓸어내리며 주저앉는 사람을 비난하는 일만큼 부도덕한 일이 어디 있을까. 자신이 당한 일이 아니라고 우리는 종종 함부로 말한다. 어떤 죽음만을 비참하다고 말할 수 있을까. 내 자식이 아니어서 다행이라는 말도 얼마나 미안한 마음인가. 죄와 죄의식이 다른 지점은 행위를 치르는 것과 불편함일 것이다. 거울은 자주 옷을 갈아입는다. 이미지와 반대인 내가 있는가 하면 이미지 자체가 현실로 이어지기도 한다. 제발 꿈이기를 바라면서. 물론 예외는 늘 있기 마련이다.

　유리의 다른 이름은 거울이다. 매일매일 나를 본다. 아니 나는 너를 보고 있다. 거울만이 나를 비출 수 있다는 건 벌일까 다행일까. 끝없이 끝없이 네가 아닐 때까지 너를 본다. 너는 누구니? 가끔 나는 너에게 질문한다. 질문만으로 세월이 간다. 거울은 매일 조금씩 다른 나를 데려왔다. 내가 눈치채지 못하게. 그리곤 어느 날 주름과 백발의 사람을 세워 놓았다.

　다시 만날 것처럼 헤어졌다

처음 거울을 마주했던 때로 돌아갈 수 없다. 흙에서 태어나 흙으로 돌아간다는 말도 믿을 수 없다. 유리는 다시 모래로 돌아갈 수 없다. 한 번 새로운 세계에 발을 들여놓은 이상 선택은 우리가 예상하지 못한 곳으로 흘러간다. 기억의 위치 역시 변한다. 시간이 지나면 기억은 왜곡되고 감정은 다르게 읽힌다. 우리의 의식은 끊임없이 변화를 겪는다. 그 변화는 상대방과 경험으로 의식이 혼합되면서 내가 생각하고 싶은 방향으로 흘러간다. 혼란과 미움이 뒤섞인 그 공간과 시간은 초침을 잃어버린 시계이거나 색을 잃어버린 유리일 것이다. 어쨌거나 어떤 한 부분을 잃어버렸기에 기억은 햇살로 부서져 끊임없이 여기에 닿으려 할 것이다. 지금, 여기를 사는 시·공간이 애도하는 방식으로.

전화 _

운다,

울린다의 주체를 생각한다. 그것은 살아있는 생물인가. 소리만으로도 불길한 예감을 알아차리거나 누가 걸었는지 뒤통수를 내려치는 얼굴이 떠오를 때. 예견된 기운들이 한데 몰려 있다 쏟아지는 먹구름처럼 그것은 '와락' 어깨로 쏟아진다. 한차례 퍼붓는 소나기에 고막이 찢긴다. 이미 오래전부터 서로의 공간에 쌓여있던 불협화음이 폭발한다. 공중으로 흩어지는 서러움은 한데 뒤엉킨 채 나를 꼼짝없이 그 안에 가둔다. 이미 이 세계는 내가 있어야 할 곳이 아닌 것처럼 여겨진다. 연약하고 나약한 솜털 같은 생각만 던져주고 도망가 버린 신을 원망한다. 조물주는 왜 하필 나를 만들 때 한눈을 팔아서 한마디도 제대로 따질 수 없는 결함을 만들어 낸 걸까. 어디에서 볼 수도 만날 수도 없는 존재를 향해 화풀이하며 원망하며 세상은 늙을 대로 늙어가겠지만.

하지만 절박,

그 어떤 순간보다 불길한 예감으로 울리는 소리. 불안한 신호음은 수화기를 받기도 전부터 온몸에 소름과 전율을 끼친다. 그리고 생의 마지막 작별인사. 살아있는 사람을 위해 들려줘야 하는 마지막 사명이라도 있는 것처럼. 평생 심장을 망치로 쾅쾅 내려치며 살아내야 할 사랑하는 사람들을 위한 최선의 순간이다. 대구 지하철 참사에서도 삼풍백화점 붕괴 사고에서도 올여름 오송역 참사에서도 전화는 생의 마지막을 함께 한 매개체였다. 텔레비전에서 가끔 그때의 사건들을 조명할 때가 있다. 처참과 절박만이 나부끼며 폐허와 공허를 재생산하는 공간. 결국은 포기하고 내려놓을 수밖에 없었던 절박한 공기가 그 가늘고 질긴 선을 타고 가망 없이 흐른다. 보이지 않아서 오히려 더 공포스럽게 느껴지는 공기. 청각을 울려 촉각으로 전달되는 감정만이 발을 동동 구른다. 이쪽에서 저쪽으로 흐른다는 말은 시간과 공간을 초월한 또 다른 세계에 사는 영혼의 목소리를 듣는 일인지도 모른다. 사람과 사람 사이에 흐르는 미세한 전류가 있어 우리는 우연과 필연과 운명이라는 걸 믿는지도. 그렇게 어쩔 수 없이 잃어버린 목소리는 영원한 메아리로 이 세계를 떠도는 것은 아닐까. 기억은 공중에 파생되어 자라는 씨앗, 그 씨앗이 자라면서 내는 목소리도 있으니까.

그래서 운명,

거의 울기 직전의 목소리와 목소리가 만나 세상을 출렁이게 했던 시간이 있었다. 1983년 이산가족 찾기 방송프로그램. 전쟁으로 인해 뿔뿔이 흩어진 가족들. 한 하늘 아래에 살면서도 생사조차 모르고 지내던 시절이었다. 지금 생각하면 사람과 사람을 이어주는 것이 운명적인 힘이라기보다는 기계라는 사실에 더 놀랐던 순간이다. 수화기를 통해 몇 번씩 가족임을 재차 물으며 확실해지면 마지막엔 오열을 터트렸다. 얼마나 간절한 기다림이었는지 얼마나 간절한 부름이었는지. TV 앞에 앉은 사람들까지 통곡으로 눈물바다를 만들었다. 같은 민족끼리 겪어온 세월과 상처에 대한 동질감은 시대와 세대로 전승되어 온 정체성 같은 것이다. 직접 겪지 않아도 대대로 혹은 부모 세대가 겪은 일들은 어느 순간 가슴에 울분으로 맺혀 있다 갑자기 터진다. 유전자의 힘인지 아니면 아무도 모르는 우주가 떠미는 힘인지. 역사는 문화로 발현되어 나타나는 민족성이라고 할 수도 있으니까.

다시 만날 것처럼 헤어졌다

너무 시끄러운 고독*

그러나 거부,

아까부터 전화는 혼자 울어댄다. 아무리 울어도 받지 않는다. 점점 신경을 긁어대는 소리로 바뀐다. 전화기 앞에 멈춰선 채 미동조차 하지 않는다. 심장은 벌렁거리고 손에선 식은땀이 흐른다. 죄지은 사람처럼 안절부절못한다. 받을 수 없다. 전화 공포증(콜 포비아)이다. 말 그대로 전화 통화에 어려움이나 두려움을 느낀 나머지 전화를 기피하는 증상. 스마트폰 세대에 이르러 문자나 이메일을 주로 사용하다 보니 전화로 대화하는 것에 대한 부담감을 느끼는 사람들이 많다고 한다. 아주 친한 관계보다는 업무적 혹은 기타 거리를 둔 인간관계일 때 이런 증상은 뚜렷해진다.

가장 가까운 관계지만 가장 먼 사이. 벗어날 수 없는 관계. 빨리 어른이 되어서 집을 떠나면 끝날 줄 알았다. 나를 구속하는 관계에서 벗어나고 싶었다. 눈에서 보이지 않으면 멀어질 줄 알았다. 그러나 내가 해야 할 책임과 의무는 끝나지 않았다. 나는 회피하고 싶어서 자꾸만 달아났다. 두려움과 무서움이었다. 피하면 피할수록 잔소리와 고함이 나에게로 돌아왔다. 탯줄은 가위로 끊어진 것이 아니었다. 무언의 주파수를 타고 어딜 가도 흐르고 있었다.

나보다 윗사람의 전화번호가 뜨는 순간 별 것 아닌데도 온몸은 긴장감으로 빳빳해진다. 무슨 말을 해야 할지 모르겠고 주눅이 든다. 왜 그럴까.

어릴 때부터 어른이라는 존재는 늘 무섭고 어려운 존재라는 인식이 무의식에 깊게 깔려있었다. 어른과 친해지는 방법을 배운 적도 없고, 가르쳐주지도 않았다. 명령하고 복종하는 관계. 물론 무의식적으로 다른 사람의 행동이나 말을 보면서 배우기도 할 테지만. 그런 경험조차 희박했다. 태생적으로 살가운 모습이라고는 찾아보기 힘든 환경이었다. 어른은 다가가기 어려운 존재라는 생각이 깊게 뿌리 박혀 있었다. 그 앞에만 서면 어딘가로 숨어버리고 싶었다. 사회생활을 하면서 어쩔 수 없이 부딪혀야 하는 상황이 생기니 조금 나아지긴 했지만 여전히 숙제는 남아 있다. 그 방편으로 선택한 것이 가면이다. 나를 숨기고 내가 아닌 또 다른 자아를 꺼내어 명랑한 척 웃음으로 위장한다. 얼마나 벅찬 노동인지. 그 뒤에 오는 공허감은 오롯이 불면으로 이어졌다.

그러므로 사랑,

아침마다 나를 깨워주는 목소리가 있었다. 스마트폰이 나오기 전이다. 매일 무슨 할 말이 그렇게 많았을까. 생각해 보면 그런 순간들이 있었다는 사실조차 아주 먼 과거의 일처럼 느껴진다. 흘러가고 나면 세상은 삽시간에 변한 것처럼 보이니까. 어떤 벽을 넘어서고 깨부수는 일에 사랑 말고 좋은 건 없을지도 모른다. 문자로는 모자란 말. 숨과 숨이 마주 보며 한 호흡에 담긴 숨을 읽어내는 일. 트라우마도 이겨낼 수 있을 것 같았다. 하지만 공황장애가 그렇듯 어떤 장소 어떤 사람 앞에서 몸이 굳어버리는 현상은 몸과 마음이 거기에 길들인 상태라 풀어내기가 쉽지 않았다. 풀리지 않는 힘이 내부 깊숙한 곳에 존재한다는 뜻이다. 다만 사랑이라는 이름으로 견딜 뿐이다. 그것마저 없었다면 삶은 불안의 연속이며 점점 은둔의 길로 걸어갔을지도 모른다. 목소리, 실제의 목소리와 전화로 듣는 목소리는 조금 다르다. 최대한 마음을 들키기 위해 아니, 들키지 않으려고 목소리는 위장술을 펼친다. 표정 없는 목소리를 읽어내기란 쉽지 않으니까. 그래도 안다. 미세하게 흔들리는, 떨리는 호흡이 어떤 간극의 전류를 타고 서로에게 전달된다는 것을. 그것이 전파가 가진 힘이라는 것을.

다시 울린다,

마음을 뒤흔드는 소리. 전류를 타고 서로에게 스며드는 시간은 몇 초 아니 몇 분일까. 그 잠깐, 그 찰나에 우린 무엇을 듣는 걸까. 그날 심리적 상황이나 환경에 따라 목소리가 다르게 들리기도 할 테지만. 우리는 들어야 한다. 마음이 하는 소리를. 그리고 천천히 눈앞에 보이지 않는 상대방을 응시하며 대화해야 한다. 그건 어쩌면 최소한의 예의다. 전화에 대한. 가끔 '너무 시끄러운 고독'으로 우리를 의심의 구렁텅이로 몰아넣을지라도.

*보후밀 흐라발의 장편소설 제목 인용함.

운동장 _

가을의 입구부터 일몰을 재기 시작했다. 9월 9일의 일몰은 6시 50분이었다. 9월 8일은 51분, 그 전날은 52분이었다. 그러니까 1분씩 빨라지고 있었다. 처음 이 글을 쓰고 있는 10월 19일의 일몰은 오후 5시 56분, 거의 한 시간이 앞당겨졌다. 밤의 시간을 살아야 하는 계절이 온 것이다. 일몰 시간대에 하늘은 온통 자신에게 집중한다. 하늘이라는 공간에 떠 있는 모든 부유물의 이마를 짚어 오늘이라는 시간을 지운다. 우리가 하루라고 부르는 매일은 그렇게 만들어지는지도 모르겠다. 일몰을 재기 시작한 건 순전히 걷기 위해서다. 해가 질 때쯤엔 맨얼굴로 걸을 수 있다. 눈살을 찌푸리지 않아도 되고 따가운 시선을 걱정하지 않아도 된다. 어둠에 스며들면 그만이다.

어쨌거나 집에서 가까운 거리에 초등학교 운동장이 있다는 건 축복이다. 아이들이 하교하는 시간 이후에 일반인에게도 개방되었다. 개방하지 않는 학교가 더 많다고 했다. 아마 여러 가지 불운의 일들이 일어났으리라 짐작만 한다. 해가 넘어가는 시간이 다가오면 동네 주민들은 하나둘 운동장으로 들어선다. 각자의 복장과 각자의 운동 포즈를 취한다. 대부분은 가벼운 운동복 차림이지만 퇴근길에 들린 차림새로 걷는 사람들도 있다. 가고 오는 길에 들를 수 있다는 것만으로도 이곳은 큰 위로가 된다. 유모차를 끌고 산책 나온 젊은 부부, 축구공을 들고 아이와 축구하러 나온 아빠, 줄넘기를 들고 온 학생, 달리기를 하는 사람, 여러 가지 운동방법을 섞어서 눈치 보지 않고 열심히 하는 청년, 농구하는 중고등 학생들 등등 다양한 포즈들로 이곳이 채워진다. 노을은 그런 순간들을 골똘한 표정으로 바라보다 서서히 순식간에 자취를 감춘다. 물론 금방 얼굴색을 바꾸지는 않는다. 서서히 어둠의 표정으로 허공을 채우기 시작한다. 빛과 어둠이 교차하는 그 순간을 우리는 개와 늑대의 시간이라고 부르기도 한다. 그 감정을 정확하게 표현할 단어를 찾기에는 무리였을까. 어쩌면 그 시간을 대하는 우리의 눈빛과 감각에도 인간 이외의 다른 속성이 숨어있었으리라.

아무도 나에게 다가오지 않는 시간. 아무도 오지 않아서 아무를 생각할 수 있는 시간이다. 몸에 닿는 바람과 공기의 접촉만이 유일하게 나를 존재라고 인식한다. 그럴 때 무아지경에 다다른다. 내 발이 땅에 닿아있는지조차 실감 나지 않을 때가 있다. 넓디넓은 우주라는 공간. 죽어서 별이 되었다는 사람도 죽어서 어둠에 스몄다는 사람도 어느새 내 곁에 와 있다. 삶과 죽음에 거리가 없어진다. 내가 태어난 공간에서 내가 사라지는 것처럼. 한 줌 흙이 되든 먼지가 되든 나는 가벼워질 것이다. 육체는 영혼을 동반

하면서 무거워졌고, 정신은 내내 육체를 지배한다. 따로 똑같이. 땅에 발이 닿았는데 닿지 않은 느낌은 무엇일까. 몸이 가벼워진 걸까. 우리를 짓누르던 영혼은 아무 생각이 없어질 때 소멸하는 것일까. 이럴 때 정신이 얼마나 육체를 지배하는지 알게 된다. 육체를 둘러싼 장기들과 지방, 살들이 아닌 그 너머의 무게가 가벼워질 때 육체는 스스로 힘을 뺀다. 이 얼마나 신기한 현상인가. 내 몸이 가벼워졌다고 느끼는 순간의 희열. 날개 없이 지상 위를 걸어 다니는 기분. 하지만 쉬운 일은 아니다. 마음먹기에 달려있다고 하지만 마음을 먹었다고 뇌가 온전히 받아들이는 것도 아니니까. 뇌가 힘을 뺄 때까지 걸어야 할지도 모른다.

다시 만날 것처럼 헤어졌다

기억질량보존의 법칙

　내가 가끔 걷는 이 초등학교는 두 아이가 다닌 곳이기도 하다. 올해 봄부터 일주일에 한 사흘쯤 운동장을 걸었다. 무엇이 나를 이곳으로 끌어당겼는지 모르겠다. 아마 복잡하고 골치 아픈 인간관계에서 오는 허탈함이 이유였을 테다. 그럴 땐 주로 가까운 오름길이나 숲길을 걷는데 갑자기 이 운동장이 나에게로 걸어왔다. 걷다가 가끔 바닥에 떨어진 기억을 주워들 때가 있다. 아이들 운동회 하던 기억, 아이 일로 교실을 방문했던 기억들이 슬금슬금 고개를 든다. 거의 20년 전 학교 운동장은 지금과는 다른 모습이었다. 잔디도 깔려있지 않았고 모래와 흙이 섞여 있어 바람이 불면 흙먼지로 얼굴을 따갑게 했던 질 나쁜 흙으로 채워져 있었다. 그래도 아이들은 운동장을 사랑했다. 아들은 내가 눈 뜨는 시간보다 재빠르게 학교로 달아났다. 수업 전에 축구를 하기 위해서였다. 학교가 코앞이라 언제든 운동장으로 달려갈 수 있다는 사실이 기뻤을 것이다. 내가 이 동네를 선택한 것도 바로 그런 이유에서였다. 육 년이라는 시간은 꽤 길다. 내게도 초등학교 시절 추억이 가장 강하게 오래 자리 잡았기에 아이들에게도 그 시간을 물려주고 싶었다. 물론 좋은 기억이 더 많았을 때의 일이기도 하지만. 추억을 가진 공간을 물려주는 것만큼 큰 유산도 없을 것이다. 물질만능주의 시대일수록 숨 가쁘게 뛰다가 천천히 뒤돌아볼 수 있는 정신적 공간과 여유가 필요할 테니까.

운동장이란 무엇인가. 하나의 공간이라 칭할 수도 있고 추억의 사물(?)이라고 할 수도 있다. 어떻게 보면 공간은 기억으로 밀집된 하나의 사물이다. 단지 꽃이나 책상, 의자가 가지고 있는 물성과는 또 다른 방식으로 자신을 확장하고 발화한다. 그 공간에 들어섰을 때 느끼는 수많은 감정과 이미지들은 발 닿음과 닿지 않음의 경계를 허물고 하나의 원 안에 집합과 교집합을 형성한다. 그렇게 밀집된 공간은 또 하나의 거대한 의미망을 갖는다. 산산이 흩어졌던 기억들을 모아 새로운 감정을 토해낸다. 그럴 때 운동장은 거대한 사물로 우뚝 서서 지나온 시간을 끊임없이 되새김질한다. 가끔 왜곡된 시간과 기억들을 한데 조립해 새로운 이야기로 탄생시키기도 하지만, 우리는 그 이야기를 내내 우리고 우려 곰삭은 맛으로 요리한다. 슬프지만 아름답고 외롭지만 행복하게 서로 다른 감각을 뒤섞어 알 수 없는 최고의 맛으로. 영영 잊을 수 없는 과거의 맛으로.

하지만 그런 감정을 와장창 깨뜨리는 경우도 존재한다. 운동장을 사용할 때 지켜야 할 규칙을 무시하는 경우다. 학교 운동장에는 금지에 관한 규칙이 현수막에 걸려 있다. 자전거를 타거나 애완동물을 데려와서는 안 된다고. 하지만 그런 규칙에 손가락으로 삿대질을 하는 사람들도 있다. 왜 운동장에 자전거를 타면 안 되냐, 어디서 자전거를 타란 말이냐 하면서 소리를 지르는 사람도 있고, 목줄도 없이 개를 풀어놓고 우리 개는 작고 물지도 않는다는 둥 잔디밭을 뛰어다니게 놔두는 사람도 있다. 운동장은 하나의 공공장소이다. 아이들이 뛰어놀 수 있는 환경을 만들어주기 위한 장소이기도 하다. 그러니 제발 자신의 편리를 위해서 그런 못난 짓은 하지 말았으면 한다. 공간의 기억은 이렇게 잘못된 행동이 끼어드는 순간 허망하게 사라져 버린다. 공간이 유지되기 위해서는 그 공간에 어울리는 행동과 자세가 필요하다. 공간은 교집합에서 벗어난 사람들이 늘어날수록 기억질량보존의 법칙에서 멀어지기 때문이다.

십일월이다. 십일월의 일몰은 오후 다섯 시와 여섯 시 사이에 있다. 어둠이 길어진다는 건 활동량이 줄어들기도 하지만 자신의 세계로 들어가는 시간이 많아진다는 의미이기도 하다. 어쩌면 기억질량보존의 법칙을 위한 최적의 시간이다. 자신의 세계에 몰입할수록 나만의 공간도 넓어진다. 그 안에서 세상을 다르게 보는 안목과 여유가 생겨나는 건 아닐까.

복도 _

무슨 생각을 하느냐고 묻지 말았으면 좋겠습
니다. 무슨 일이냐고, 왜 그러냐고도 자꾸 캐묻지 말아 주세요. 없던 생각
도, 없던 일에도 꼬리가 달려버리니까요. 그토록 애써 없앤 꼬리를 굳이
진화론에 다시 편입시킬 생각은 아니시죠. 사라진 꼬리는 엉치뼈에 붙어
바닥을 추앙하는 일로 만족합시다. 매끈하게 비어있는 허공이 좋아요. 엉
덩이라고 해 두죠. 허공이라고 엉덩이가 없겠어요. 저녁노을이 우리가 모
르는 그곳에 걸터앉아 있는 걸 매번 봤잖아요. 보고 있으면 눈시울까지 붉
어져서 주르륵 흘러버리는 마음을. 무슨 말이냐고요. 있지만 보이지 않는,
양파나 청양고추처럼 섞여서 맛을 내는, 사소한 어떤 장소에 관한 이야기
를 하려는 중입니다. 물론 사소함에 어떤 방점을 찍으려는 건 아닙니다만.
그곳의 사소함은 생각에 잠기는 일입니다. 멍 때리기에 최적의 장소라
고 할 수 있죠. 수없이 걸레질하며 반들반들 윤을 내던. 가끔 너무 미끄러

운 나머지 파리도 엉덩방아를 찧곤 했다지요. 들키지 않으려고 발끝을 들고 걷거나 털어놓을 데가 없는 분함을 삼키던 용도로 쓰일 때도 있었지요. 이쪽에서 저쪽으로 이어지는 혹은 삶의 통과의례처럼 놓여 있는 곳입니다. 우리는 아마도 그곳을 복도라고 부르지요. 그런데 복도는 언제부터 그렇게 쓸쓸히 길어진 얼굴이었을까요.

처음 복도를 접한 건 아마 학교였을 겁니다. 초등학교 땐 질서와 규칙을 배우기 위해 무릎이 닳도록 잔소리를 들었을 테고요. 삶에서 뛰어다니지 않는 법을 처음으로 배운 곳이기도 하지요. 지나는 창문 사이로 다른 반을 기웃거린 적도 있었지요. 사춘기 시절 남녀공학을 다닐 때는 남자반 여자반 순서로 나란히 복도에 번갈아 있었습니다. 교실에 선풍기도 없던 시절이었으니 여름이 얼마나 끔찍했겠어요. 더구나 호르몬이 왕성할 시기였으니. 어느 반에서 먼저 시작했는지 모르겠지만 창문을 뜯어냈어요. 아마 1반이었던 남자반이었을 거예요. 복도 창을 통해 바깥바람이 들어오도록 말이죠. 그걸 시작으로 모든 반의 창문을 떼어내 버린 겁니다. 쉬는 시간 종이 울리면 우르르 복도로 나와 깔깔거리기 일쑤였죠. 그 나이에만 누렸던 알 수 없는 웃음의 세계가 건물을 호기롭게 흔들기도 했습니다. 가끔 누군가 휘파람을 불어 알 수 없는 눈빛이 오가기도 했죠. 또 어떤 날엔 교실 뒤편 환경정리로 전시해 놓은 시화와 그림이 몽땅 없어지기도 했어요. 끝까지 누구 짓인지 밝혀내진 못했어요. 그때 제 시화도 도둑맞았거든요. 지금 생각하면 그 복도에서 오가던 눈빛들, 설렘, 떨림이 살아있다는 것을 느끼게 한 힘이었다는 걸. 특별한 한 사람이 아닌 그저 무리 속에서 느끼는, 사람 냄새 혹은 열정의 기운이 우리를 지탱하는 힘이었다는 것을 말이죠.

나를 만나러 가는 길

복도 얘기를 하다 보니 또 다른 복도가 떠오릅니다. 실은 복도 이야기의 시작은 여기라고 해야 맞습니다. 짧다고도 길다고도 할 수 없는 길이와 보폭을 가진. 물론 복도는 길이보다도 공기의 무게로 채워진 표정이 더 어울립니다. 복도 양옆으로는 아파트 호실처럼 번호가 새겨진 방이 죽 늘어서 있습니다. 복도는 사람들이 깨어남과 동시에 일을 시작합니다. 무거운 발걸음으로 가득 차 있죠. 느리게 뒷짐을 지고 걷거나 주머니 안에 손을 넣거나 고개를 바닥으로 떨어뜨리거나. 무표정한 얼굴로 복도는 걷고 있어요. 표정의 변화라고는 찾아보기 힘든. 가끔 인사를 건네면 웃어주기도 하지만 고개를 홱 돌려버리거나 도망쳐버리는 발걸음도 있었죠. 무념무상의 편안한 얼굴이 아닌 잔뜩 굳어 찡그린 표정들입니다. 나는 애써 목소리 톤을 높이며 '안녕하세요~잘 주무셨어요?'라는 말을 던져봅니다. 지극히 내향적인 나조차 그 우울에 갇혀버릴 것만 같았거든요. 그때야 미소로 인사를 건네거나 내 손을 잡는 사람도 있습니다. 보통은 고개를 아래로 떨어뜨린 채 말없이 걷기만 합니다. 복도는 활기차게 아침을 맞고 싶어도 우울한 기운을 벗어나기는 쉽지 않아 보입니다. 꿈도 희망도 살지 않는 곳처럼요. 가끔 복도에 누워 있는 사람들도 만납니다. 아늑하고 따뜻한 방보다 복도의 그 서늘함이 좋다면서요. 쪼그려 앉아 물끄러미 있기도 하죠. 무슨 생각을 하느냐고 물으면 고개를 떨구어버리거나 고개를 흔듭니다. '그냥 아무 생각도'라는 침묵이 돌아옵니다. 물론 복도를 지나 밖(마당)으로 나가는 문이 있습니다. 볕을 쬐려고 바깥 벤치에 앉아 있는 사람들도 있죠. 그래도 대부분은 복도를 벗어나려 하지 않습니다. 봄볕이 따뜻하게 내리쬐는 날에도 겨울 외투를 입은 채 주머니 안에 두 손을 꼭 넣어 두죠.

'추워요. 추워서 겨울 외투를 벗을 수 없어요. 그래도 겨울만 있었으면 좋겠어요. 아무도 나를 데리러 오지 않아요'. 들어갈 수 없는 벽입니다. 벽을 부수면 아무것도 남아 있지 않을 것처럼요. 마음이 추워서 오히려 추위에 중독된 사람들을 어떻게 햇볕 쪽으로 데려올 수 있을지 알 수 없습니다. 인간의 마음은 어디서 오는 걸까요? 인간이라는 존재가 답이 없는 질문일까요. 인간이 궁극적으로 가 닿아야 할 미지가 있긴 한 걸까요. 마음을 안다는 건 마음을 연다는 말일까요. 대체 그 마음은 어디서 건너오길래 이토록 짚어도 짚어도 허방에 빠지는 걸까요. 정신은 우리가 알 수 없는 여러 현상을 경험하게 합니다. 쉽게 정복할 수 있는 분야도 아닐뿐더러 지식이나 정보로만 다가가기도 힘든 부분이죠. 누군가를 이해한다는 말도 섣부른 판단이며 오류일 수 있다는 생각을 합니다. 인간은 끊임없이 마찰을 겪는 세계니까요. 인간과 인간, 혹은 인간과 이 세계, 인간과 삶, 인간과 시공간 등 무수히 많은 마찰 속에서 성장해 나가는 존재죠. 그중에서도 특별한 사이가 있다면 그건 바로 나 자신과의 관계가 아닐까요. 누구도 어쩌지 못하는 스스로와의 싸움. 내 안에서 누군가 끊임없이 소리칠 때가 있습니다. 윽박지르고 때론 닦달하기도 하죠. 그 상대가 나라는 사실을 인지하지 못한 채 세상을 향해 혹은 타인을 향해 소리칩니다. 욕을 내뱉기도 하고 허공으로 헛손질을 할 때도 있습니다. 그걸 숨기느냐 드러내느냐에 따라 사람을 판단하는 기준이 되기도 합니다. 싸움의 상대가 나 자신이라는 생각에 이르기까지 나는 어쩌면 늘 바깥을 사는 사람입니다.

공자는 나이 예순 살에 이르기까지 예순 번이나 사고방식이 변화했다고 합니다. 처음에 옳다고 하던 것을 끝에 가서는 부정했다는 말입니다. 공자라서 가능했던 걸까요. 어쩌면 우유부단하거나 줏대가 없는 말처럼 들리기도 합니다. '사고는 유연하게'라는 말을 하지만 실천은 늘 어렵죠. 내 생각과 고집을 꺾고 타인의 생각을 받아들이는 일은 쉽지 않으니까요. 신념이라는 우뚝 선 고집이 내 안에 살고 있기 때문입니다. 지나온 시간 켜켜이 나를 지탱해 준 힘이기도 하고요. 나이가 많든 어리든 나는 나 자신의 들러리로 살 때가 많습니다. 그러니 정말 깊은 곳에 있는 내 소리를 잘 듣지 못합니다. 정작 하고 싶은 말은 감춰버리기 일쑤죠. 무수한 나와 싸워서 이긴 사람들. 우리는 그 사람들의 무리에 섞여 보통의 삶을 이어나가는지도 모릅니다.

돌고 돌아 다시 복도를 걷습니다. 그 복도를 걷는 사람은 망상과 환청에 시달리는 조현병 환자이기도 합니다. 우연히 개인적인 일로 그분들과 한 달을 함께 보냈습니다. 처음 조현병이라는 소리를 들었을 땐 나를 해하는 건 아닐까 하는 우려도 염려하지 않은 건 아닙니다. 하지만 곧 그런 생각은 지나친 강박이었다는 걸 알게 됐습니다. 그분들 역시 연약한 자신과 싸우는 약한 존재일 뿐이었습니다. 스스로 그렇게 만든 것도 아닙니다. 나 자신조차 나에게서 자유로울 수 없다는 걸 깨닫게 된 순간이었을 겁니다.

이십 년을 삼십 년을 이곳 복도를 수없이 걸어 다닌 분도 있습니다. 무슨 생각을 하느냐고 물으면 이젠 생각조차 다 지워버렸다고 말합니다. 나 자신에 갇힌 사람이야말로 가장 끔찍한 지옥을 경험하는 일인지도 모릅니다. 진짜 나는 어디에 있을까요. 여전히 바깥으로 도망만 치고 있는 건 아닌지. 그래서 늘 불안과 불만을 껴안고 사는 약한 존재인지도요. 복도는 그런 생각들을 한 걸음 한 걸음 옮겨놓다 그만 그렇게 쓸쓸히 길어진 건 아닐까요.

집 _

말하지 않는 사물의 각주는 어떻게 달까. 어떤 개념이나 정의는 사전적으로 제시된 설명으로는 해결되지 않는다. 물론 대부분의 많은 것들이 그렇다. 사물은 인간과의 관계를 통해 새로운 이미지와 의미를 창출해내는 세계다. 인간을 담는, 인간에 의해 담겨지는, 인간으로 담겨지는 기호로 작용하기도 한다. 집은 인간을 담는 사물이면서 공간이다. 담는다는 건 닮는다는 말과도 비슷해서 오랜 시간 서로에게 길들여 비슷한 또 다른 무엇으로 치환된다. 인간이 늙어가는 것처럼 집도 함께 낡아간다. 무릎 관절이 삐걱댈 때 집을 지탱하는 기둥이나 모서리도 삐거덕거린다. 특히 어두운 밤이나 정적이 길어지면 어디선가 '끙', '쩍' 웅크렸다 허리를 펴는 소리가 들린다. 마치 정물에 정령이라도 깃든 것처럼.

길을 걸어가다 멀리서 심장이 텅 비어버린 사람이 서 있는 걸 보았다. 가까이 다가갈수록 허물어지는 실체. 몰골이 횅한 폐인의 얼굴이다. 대체 무슨 일이 있었던 걸까. 어떤 표정이 이토록 지독한 잡초를 키워낸 걸까. 무엇을 잃어버리고 무엇을 삼켰나. 창문은 아무것도 감추지도 가리지도 않았다. 덕분에 거미들은 공짜로 자신들의 거처를 마련했다. 세간이라고 할 것도 없는 빈 쓸모들이 나뒹군다. 곰팡이와 먼지가 정적을 깨며 여기 저기 뭉쳐 굴러다닌다. 사람이 살지 않으면 공기마저 숨이 막혀버리는 집. 사람의 뿌리가 집이라는 공간에 있다는 듯 집은 그 뿌리를 잃어버렸을 때 폭삭 주저앉는다. 대체 사람이란 무엇이고, 집은 무엇인가.

세 번의 이사 끝에 지금 사는 집을 마련했다. 물론 대출을 끼는 건 기본 이고. 아이가 태어나면서 모든 생활은 아이를 위한 공간으로 바뀌었다. 초 등학교와 가까운 곳이라 덜컥 계약을 했다. 지금의 부동산 시세를 생각하 면 후회스러운 부분이 없지 않지만 그땐 그 선택이 옳았다고 믿는다. 조용 한 주택가 골목이라 시끄러운 소리도 없고 다른 곳에 비해 고즈넉했다. 집 근처엔 벚꽃 거리가 있어서 벚꽃이 필 때면 사람들로 북적이지만 감수할 만하다. 그때 잠깐 마음을 흔들고 갈 뿐이니. 이 집에선 참 많은 일이 있었 지만 죽을 뻔했던 생각이 많이 난다. 남편이 새벽에 나가면서 가스레인지 에 국을 올려놓고 그냥 나가버린 것이다. 나는 안방에서 아이들은 각자 방 에서 자고 있었다. 무슨 냄새가 나는데 몸이 일으켜지지 않았다. 소리치는 데 소리가 입 밖으로 나가지 않았다. 의식을 차릴 수 없었다. 다행히 여름 이어서 창문을 열어놓고 있었다. 겨우 기어가서 가스레인지 불을 껐다. 냄 비는 새카맣다 못해 형체를 알아볼 수 없었다. 내 가슴은 냄비보다 더 시 커멓게 타버렸다. 겨우 아이들을 흔들어 깨웠다.

아이들이 커 가면서 집이 좁게 느껴졌다. 처음 이사할 때만 해도 거짓말 보태서 대궐 같았는데. 하지만 이사 할 여력도 없었다. 아이를 키우면서 대출을 갚는 일이 쉬운 일이 아니었다. 대출을 다 갚고 나서는 이 동네를 떠나는 게 어쩐지 두려웠다. 새 동네 새집에 다시 나를 길들인다는 건 꽤 스트레스다. 때마침 아이들이 크면서 도시로 가길 원했다. 대학도 직장도 꿈도 다 집보다 먼 도시에 있었다. 아이들이 다 떠난 집에 다시 부부만 남았다. 거짓말처럼 집이 대궐처럼 커졌다. 적막함만이 집을 감싸고 돌았다. 가끔 돌아올 아이들을 기다리며 부부가 집을 지킨다. 주인이 오기만을 기다리는 반려견처럼. 사람이 떠난 자리를 귀신처럼 알아채는 집. 저녁 무렵이면 출산율이 바닥이라는 뉴스를 매일같이 듣고 있다. 비혼주의자가 늘고 있다. 텅 빈 집이 늘고 있다는 소식도 들려온다. 그러나 늘 우리가 살 집은 없는.

멀리서 나를 부르는 빛

안방과 건넌 방 사이 마루가 있고 마루 끝에 부엌과 작은 창고가 있었다. 마당엔 소를 키우는 외양간과 돼지가 살던 변소, 염소를 키우던 헛간이 있었다. 나는 두 평 남짓한 방에서 네 명의 동생들과 잠을 잤다. 외풍이 심했고 아궁이는 안방으로만 연결되었다. 무겁고 질 나쁜 이불을 덮고 서로의 온기에 의지했다. 그때 사촌 집에서 얻어온 〈세계문학전집〉이 없었다면 아마 버티기 힘들었을지도 모른다. 세계의 여러 동화를 모아놓은 책. 책 속엔 한결같이 가난과 고난에 처한 주인공이 있었다. 어려운 고비를 이겨낸 끝에 해피엔딩을 맞는 이야기로 끝을 맺는다. 같은 처지의 주인공을 보면서 나의 마지막도 해피엔딩이 될 것이라는 힘과 용기를 얻었는지 모르겠다. 아이들을 동화에 빠지게 만드는 요소였다. 하지만 간과한 것이 있었다. 주인공은 태생부터 달랐다는 것이다. 가난한 집에 태어난 것이 아니라 그런 환경에 잠시 노출되었던 것 뿐 실상은 왕족이나 부유한 집 자손이었다. 어쨌든 어린 마음에 그 좁은 방은 동화 속 주인공이 사는 공간이었고, 내가 하는 궂은일들도 당연히 해내야 하는 몫이었다. 그런 생각을 하면 고통의 무게가 반으로 줄었다. 환경을 바꿀 수 없으면 내 생각을 바꾸면 된다. 환경이든 사람이든 내가 바꿀 수 없는 것들이 있다. 그럴 땐 내가 바뀌어야 한다. 그런 마음을 자주 잊고 상대방에게 변하길 요구하다 관계가 틀어지기도 한다. 가장 후회되는 건 혼자만의 무게에 짓눌려 동생들을 잘 챙기지 못했다는 점이다. 맏이의 역할과 언니의 역할을 다 해내기엔 버거운 나이였다. 변명이겠지만 병약한 육체로 나는 나 자신도 감당하기 힘들었다. 그 버거운 무게에서 벗어나는 길은 집을 떠나는 일이었다. 그래야만 숨을 쉴 수 있을 것 같았다. 그때 나에게 집은 가장 숨 막히는 곳이었고 가장 떠나고 싶은 공간이었다.

어릴 때 살았던 그 좁은 집은 이제 창고로 쓰인다. 바로 옆으로 슬레이트 지붕을 얹은 집을 지었다. 방도 많아졌고 예전 집보다 넓었다. 부엌과 화장실도 따로 내었다. 물론 나는 결혼을 하고 더 이상 그 집에 살지 않지만. 가끔 집에 들렀다가 창고로 쓰이고 있는 옛집에 들어가 본다. 방의 물건들은 바뀌었지만 모습은 그대로다. 반질반질 닦아내던 마루도, 제주에서 고팡이라고 부르던 작은 창고도 그대로다. 내가 커진 만큼 집은 작아졌다. 낡은 창틀 밖으로 보이던 멀구슬나무는 베어내고 없지만 바깥 올레 풍경은 그대로다. 마당의 반을 차지하던 소도 염소도 돼지도 개도 없다. 마당은 이제 고요한 얼굴로 상추며 고추 같은 채소로 꼬물거린다. 문명은 많은 것들을 사라지게 했고 또 새로운 것으로 대체되었다. 쓸쓸한 마음을 대체하기엔 언제나 부족했지만.

한창 신나게 고무줄놀이를 하던 아이들이 하나씩 사라졌다. 식구들이 아이들을 한 명씩 호명해서 데려갔다. 이름이 불리지 않는 아이의 무리에 항상 나도 끼어있었다. 시골 생활은 아이들이라고 마냥 놀 수 있는 게 아니었다. TV 속 드라마처럼 어두워지면 밥 먹으라고 부르던 엄마의 목소리는 들어본 적이 없다. 하나둘 아이들이 사라지면 어쩔 수 없이 집으로 터벅터벅 걸어가야 했다. 언제나처럼 불이 꺼져 있는 집. 일 나간 부모님은 아직 돌아오지 않았다. 온기가 없는 쓸쓸한 공기가 만져진다. 사람이 없으면 금세 어두워지고 서늘해지는, 사람이 담겨야 비로소 환해지는 얼굴. 캄캄해지면 멀리서 부르는 손짓이 느껴지는 곳. 그런 곳이 집이다. 시골과 다르게 도시는 거대한 사각의 상자 속에 불빛이 담겨 있다. 더 화려하고 더 선명하지만 어쩐지 더 쓸쓸해 보이는 얼굴이다. 군데군데 불이 꺼져 있어 잃어버린 퍼즐처럼 보이기도 한다. 같은 불빛이지만 마음이 담겨 있는 집은 멀리서도 온기를 뿜어낸다. 어디서 그런 기운이 오는지 참 신기할 따름이다.

　요즘 직장인들의 꿈이 내 집 마련하기다. 집을 마련하는 일이 삶의 가장 큰 부분 혹은 전부를 차지하게 되었다. 인간은 왜 집 없이 사는 삶을 가장 두려워할까. 처음 궂은 날씨를 피하고 위험한 동물로부터 안전하기 위해 깃들었던 동굴. 그 아늑함은 안정감을 주고 정착 생활의 필요성을 느끼게 했을 것이다. 그러면서 집은 점점 욕망을 가지게 되었고 사람을 평가하는 처지에 이르게 된 것이다. 배보다 배꼽이 더 커진 셈이다. 반면, 도시의 화려한 불빛을 버리고 시골로 이주하는 사람들도 늘었다. 슬레이트 지붕과 마당에서 사는 삶이 오히려 안정감을 주기 때문이다. 경쟁하고 비교하는 삶에서 해방된 삶을 원하는 사람들이 늘고 있다. 마당을 가진다는 건 옥상도 함께 가질 수 있다는 말일지 모른다. 집은 건물 자체만이 아니라 그 주위의 모든 것들과 소통한다. 화단의 꽃, 창틈에 사는 거미집, 옥상에 올라가 바라보는 달빛 별빛도 모두 집이라는 공간 안에서 누리는 기쁨이다. 어

　　　　　　　　　　　　　　다시 만날 것처럼 헤어졌다

쩌면 내가 짓는 가장 행복한 표정은 나와 가장 가까운 공간, 내가 앉고 눕고 서 있는 그 자리에서 만들어지는 것인지도.

길 _

　　　　　　　그곳에 도착하기도 전에 벌써 손은 축축하고 가슴엔 큰 바윗덩어리를 얹어놓은 것 같았다. 겨우 200m쯤 거리를 가지고 말이다. 왜냐면 그곳을 지나는 일이 죽기보다 싫었기 때문이다. 그렇다고 달리 다른 곳으로 돌아갈 방법도 없었다. 내가 가야 할 목적지가 그 길을 거쳐야만 닿을 수 있다는 것이 문제였다. 어린 나이에도 보이는 것보다 보이지 않는 것들이 얼마나 무서운지 본능적으로 알아버리는 인간이었기에. 눈에 보이면 피하기라도 할 텐데 어디서 뭐가 툭 튀어나올지 모를 때의 그 불안으로 심장이 다 녹아내렸다. 잡풀이 무성해서 사람이 낸 길도 보이지 않았고 뱀이나 쥐, 족제비가 순식간에 튀어나올지도 모른다. 지네나 작은 벌레들은 무시한다고 해도 뱀이나 쥐 같은 동물이 내 발에 밟히거나 마주친다면 그것만큼 끔찍한 일도 없었다. 90년대 무렵까지도 시골에서의 삶은 거의 동물들과 동거하는 수준이었다. 겁이 많은 나에게 동물은

　　　　　　　　　　　　　다시 만날 것처럼 헤어졌다

두려움이었고 불안이었다. 물론 내 생각과 달리 아무 일이 일어나지 않을 확률이 더 높았다. 그때 난 겨우 열댓 살 무렵인 데다 동물을 극도로 무서워해서 일어나지도 않을 일들을 상상하면서 극도로 심장을 불안하게 만들었다. 어쨌든 나는 그 앞에서 비장한 각오로 눈을 질끈 감고 호흡을 크게 들이마셨다. 하나, 둘, 셋! 앞만 보고 냅다 달렸다. 겨우 길 끝에 다다라서야 깊은 한숨을 내뱉었다. 그렇게 내가 벌벌 떨면서 지나다닌 길은 그저 작은 오솔길이었다. 학교가 빨리 끝나는 날엔 부모님 일손을 도우러 밭에 들러야 했는데 하필 그 길에 그 무시무시한('빨강머리 앤'이었다면 낭만적인) 오솔길이 있었다.

내가 눈을 질끈 감고 뛰어야 했던 길은 또 있었다. 집에서 구멍가게로 가는 길이었다. 집에서 가게까지는 불과 100m밖에 안 된다. 지금에야 내가 이 정도 거리에 벌벌 떨었다는 게 한심할 정도지만 그땐 그 길이 너무 먼 백만 년 같았다. 문제는 그 길에 작은 창고가 하나 있었는데 언제부턴가 거기에 상여를 놓아둔다는 소문이 퍼졌다. 낮에는 눈에 잘 띄지 않던 곳인데 밤만 되면 이상한 빛이 흘러나오고 음침한 소리도 들리는 것 같았다. 두려움이 만들어낸 상상이겠지만 시골의 밤은 가로등도 없어 깜깜 그 자체였다. 그런데 그 밤에 꼭 담배 심부름이나 술 심부름을 시켰다. 미성년자에 대한 개념이 없던 시대였다. 또다시 달음박질이 시작됐다. 달린다는 의미보다 그곳을 벗어나기 위한 몸부림이었다. 어릴 때부터 유난히 겁이 많았지만 그걸 이해해 주는 어른은 없었다. 어른이 되었다고 겁이 사라진 건 아니지만.

그렇게 겁을 내며 달리던 길도 신작로가 생기고 아스팔트가 깔리면서 거의 사라졌다. 길은 흔적도 없는데 여전히 머릿속엔 지도처럼 새겨져 있다. 이렇게까지 내 안에 오랫동안 뻗어있을 줄은 몰랐지만. 길에 대한 두려움이 희미하게나마 환상으로 바뀐 건 '빨강머리 앤'이라는 만화영화를 보면서부터다. 그녀가 초록 지붕 집 매튜 아저씨의 집으로 갈 때 마차를 타고 사과꽃이 휘날리는 길을 가는 모습은 지금도 강렬하다. 앤은 그 길을 '기쁨의 하얀 길'이라고 불렀다. 시골 풍경을 사랑하는 '앤'은 모든 길에 이름을 붙여주고 말을 걸었다. 낭만을 사랑한 소녀였다. 물론 현실과 만화영화는 다른 구석이 있을 수밖에 없지만. 나무와 자연 풍경, 길에 대한 생각이 달라진 계기가 아니었나 생각한다. 그렇게 나에게 길은 두려움과 환상을 동시에 품은 공간이다. 만화 속을 빠져나오면 길은 어쩔 수 없이 가야만 하는 목적지에 가까웠다. 뙤약볕과 모진 바람을 향해 걸어 다니는 일은 별로 달갑지 않았다. 오히려 걷는 일이 지긋지긋했다. 피할 수 없어서 견딘 것일 뿐. 시골은 버스가 다니지 않는 길이 많았고 비포장도로에는 흙먼지와 돌멩이들로 가득했다. 물론 지금은 상황이 360도로 바뀌었다. 우리의 두 발은 네 개의 자동차 바퀴에 묻혀버렸다. 문명의 발달이 인간의 삶과 생각에 얼마나 많은 영향을 끼쳤는지 새삼 느끼게 된다. 그로 인해 길은 이제 단순히 목적지에 닿기 위한 수단이 아니다. 문화의 한 방향성을 가지게 되었다는 점이다. 어쩌면 뒤늦게 사라진 길에 대한 열망인지도 모르고.

침묵으로 말하는 사람

그렇게 사람들은 하루 평균 20km를 걸으며 800km를 가야 하는 산티아고 순례길의 고행을 선택한다. 누가 시켜서가 아니라 오로지 자기 자신으로 돌아가기 위해. 발바닥의 물집과 육체의 고통을 견디며 묵묵히 걷는다. 우리는 왜 이렇게 고통과 수고로움을 무릅쓰며 걷는 걸까. 가끔 시간 날 때마다 절물 안에 있는 '장생의 숲길'을 걷는다. 산티아고 길에 비하면 턱도 없지만 11km가 조금 넘는 코스다. 다른 숲길에 비해 인위적으로 산책로를 조성하지 않아서 원시적인 느낌을 준다. 질퍽하면 질퍽한 대로 조금만 방심하면 돌부리에 걸려 넘어지기 일쑤다. 움푹 파인 멧돼지 발자국을 발견하는 건 다반사고 갈기갈기 찢겨 죽은 까마귀를 발견하는 끔찍한 현장을 목격하기도 한다. 그래도 동행인이 있어 안심이 된다. 혼자였다면 감히 걸어갈 엄두를 못 냈을지 모른다. 사람이 발길이 많지 않아 조금은 음산한 기분이 드는 곳이다. 어릴 때 그토록 숲길을 두려워했음에도 지금 나는 시간이 날 때마다 길을 찾는다. 참으로 아이러니하다. 무엇이 나를 자꾸만 길로 이끄는 걸까.

제주의 숲 대부분이 곶자왈인 것처럼 '장생의 숲길' 역시 곶자왈에 속한다. 돌에 뿌리를 움켜쥔 나무들과 자신의 영역을 한없이 넓히는 조릿대 등 원시적인 숲 그대로를 보여준다. 이 안에 있으면 나 역시 원시인으로 돌아간 기분이다. 세상과 동떨어져 고요함에 물들게 된다. 고요에 들게 되면 오롯이 '나'에 집중하게 된다. 공자는 나이 오십이 되면 비로소 '나'에 대해 생각하고 자아를 찾기 시작한다고 했다. 그 이전까지는 '나'보다 타인과의 관계에 더 집중한다는 것이다. 관계에 집중하다 보니 어느 순간 삶에 대한 회의가 생긴다. 남들처럼 살고 남들만큼은 아니어도 적당히 살만한데 왜 모든 걸 다 잃은 기분이 들까. 내가 정말 원한 삶이 이런 것이었을까 하는 공허와 허탈감에 빠지게 된다. '나'가 빠진 삶에 대한 회의는 비로소 '나'에 대한 궁극적인 물음에 가 닿는다. 그럴 때 우리는 걷기를 선택한다. 발은 뇌와 가장 먼 곳에 있다. 뇌가 명령을 내리기 전에 발은 움직이지 않을지 모른다. 하지만 가장 먼 곳에 있기에 가장 간절한 것은 아닌가 하는 생각이 든다. 멀어서 발이 하는 말을 곰곰 생각하게 되는 건 아닐까. 그래서 두 발은 '나'가 걸어가야 할 길(방향)이 단지 물질에 있지 않고 어떤 마음으로 살아가느냐에 달린 것이라고 넌지시 알려주는 게 아닐까.

'길'이라는 말에는 생명이 걸어 다니는 길과 삶의 목표나 방향 등이 있다. 그 두 가지를 다 포함하는 인간은 '길' 위의 삶이라는 명제를 실천하는 대상인지도 모른다. 걸어 다니는 길마다 놓인 방향 표식은 내가 가야 할 길이 어디인지 목적지가 어디인지를 가리킨다. 물리적인 길이다. 표식을 잃어버리면 고립무원의 신세가 되거나 영영 돌아올 수 없는 곳으로 갈 수도 있다. 물론 우리는 고립무원의 길에서 새로운 길을 찾기도 하고 잃어버린 나를 다시 찾는 희열을 느끼기도 한다. 물리적 길에서 정신적인 길로 들어서는 순간이다. 어쨌든 인간의 삶이 '길'에서 시작되고 '길'로 통하는 것임에는 이견이 없을 듯하다. 인간의 길만이 아닌 모든 생물의 길은 막히지 않고 길에서 길로 통할 때 자연으로 돌아가는 삶이다. 자연스럽고 자유롭게 사는 일은 그 질서를 깨뜨리지 않는 데 있다.

　그러나 실상은 매일 소음에 노출된 하루를 살며 스트레스와 피로에 시달린다. 어디를 가도 '인공'이라는 인위적인 것들이 따라온다. 문명사회에서 당연한 결과다. 이미 태어난 사람들은 오래 늙어가고 아직 태어나지 않는 생명은 여전히 태어날 생각이 없다. 사회는 적자생존의 법칙과 약육강식의 법칙을 점점 더 영악한 방식으로 실천하고 있다. 숨 쉴 틈을 주지 않는 사회다. 어디서 비롯된 시작인지 알 수 없다. 길이라고 다 같은 길이 아니다. 출퇴근 길이나 많은 사람들로 북적대는 길이 아닌 문명의 손길이 미치지 않은 길이라야 우리는 오롯이 나와 걷게 된다. 직립보행하는 인간만이 누리는 영감이라든지 혼이라든지 하는 교섭권을 갖게 되는 것이다. 두 발이 나를 어디로 데려갈지 모른 채 걷는다. 길은 여러 갈래이고 흙탕물과 돌부리들 그리고 예고 없이 소나기를 만나기도 한다. 지나온 길을 되새김질하며 걷기도 한다. 끝나지 않는 길. 자연이 주는 푸릇한 싱그러움과 답답한 폐를 깨끗하게 씻어주는 맑은 공기. 먼저 내어주지 않아도 나를 위해 기꺼이 내어주는 것. 그것이 자연임을 깨닫는다. 어떻게 흘러가야 할지 어떻게 살아가야 할지 길에서 길은 침묵으로 답한다. 한없이 무거웠던 두 발이 어느샌가 가벼워진다. 물리적 힘으로 걷고 있는 것이 아닌 부력의 힘으로 걷는 느낌이 든다. 두 발이 내 몸이 둥둥 떠서 흘러간다. 내 몸이 흘러가는 대로 따라간다. 나는 점점 무생물에 가까워진다. 내 안에 있던 어떤 기운들이 나를 끌어당기고 있다. 원심력에 의해 나는 점점 알 수 없는 곳으로 빨려든다. 바로 '나'가 만든 내 안으로. 길은 내 안에서 시작되고 내 안에서 어디로든 뻗어 나가려 한다.

다시 만날 것처럼 헤어졌다

4부

하나의 주머니에

두 손이 포개어질 때

손 _

어떤 폭로는 타인의 고통을 숨긴 채 정당방위로 치부하려 애쓴다. 약육강식의 세계에서 그런 논리는 당위성을 부여받는다. 가령, 내가 싱크대에서 낙지 손질을 하려고 비닐봉지를 여는 순간 뒤로 나자빠질 뻔한 상황에 이르렀을 때처럼. 엄청 크고 징그러운 생명체가 싱크대에 빨판을 붙인 채 공격적으로 기어오르기 시작한다. 얼마나 민첩하고 재빠른지 손을 쓸 새도 없이 싱크대를 장악했다. 발만 동동 구르기엔 내 나이가 좀 우스워져서 집게를 들고 그것들을 싱크대 안으로 집어넣으려 애쓴다. 사투가 시작됐다. 살아남으려고 애쓰는 자와 죽기를 바라는 자. 어떤 싸움이든 누가 더 끈질기게 버티는가의 문제다. 차마 손으로 만질 수 없는 물컹함에 온몸에 소름이 돋으면서도 싸움에 가담한다.

치사한 방법이지만 밀가루를 뿌렸다. 상대는 처음보다 동작이 느슨해졌다. 마침내 내 손이 물컹한 그것에 닿았다. 이걸 먹겠다는 의지가 완전히 상실한 상태였지만 멈출 수 없는 노릇이었다. 여전히 손아귀를 벗어나려고 몸부림치는 낙지를 밀가루로 구석구석 문지르고 닦아내며 수돗물로 씻어낸다. 공포를 견뎌낸 손은 아무렇지도 않게 빨판을 떼어내며 온몸에 묻은 더러운 부유물을 훑어내린다. 마치 아이를 목욕시키듯 자연스러운 손놀림이다. 처음보다 얌전해지긴 했으나 여전히 포기를 모르는 생명체다. 굵은 소금을 뿌린다. 저 혼자 소금에 몸을 비벼대더니 차츰 풀이 죽어갔다. 그래도 여전히 싱크대 위를 기어오르려는 의지는 멈추지 않는다. 살아있음은 얼마나 지독하게 죽음을 견디는 일인가. 물이 펄펄 끓어오를 때 그것을 집어넣었다. 집게에 달라붙으며 떨어지지 않으려는 걸 간신히 물 속에 집어넣었다. 끝까지 몸부림치며 달아나길 시도했지만 결국 시체로 가라앉았다. 식탐이라고 해야 할지 이런 난감한 상황에서 먹는 일이 어쩐지 굴욕스러워진다. 살고자 발버둥 치는 생명을 기어코 내 손으로 죽여서 먹어야 하는 이 동물적인 습성. 최고의 포식자는 인간임이 틀림없다.

그러나 죄책감 따위는 순간일 뿐이다. 인간은 시각에 의존하는 동물이다. 눈에서 멀어지면 징그러움 따위는 쉽게 지워진다. 동물의 가죽을 벗겨낸 현장을 보지 못했고 핏물이 씻겨나간 흔적을 떠올릴 리 없다. 그러니 자랑스럽게 벗겨낸 악어가죽 가방을 옆구리에 끼고, 여우 털을 목에 두르고, 소가죽을 신고 다닌다. 타인의 부러운 시선을 즐기면서. 살인의 추억은 생명체라면 누구나 몸속에 축적된 본성 같은 것이다. 우리의 감각은 이렇게 잔인하다. 분명 감각 하면서도 무감각 하려는 습성이 뇌를 떠난 손이 하는 일이다. 손은 그저 뇌가 시킨 일을 했을 뿐이라며 오히려 피해자라고 고래고래 소리 지른다.

성큼성큼 손이 걸어온다. 복도가 울리더니 드르륵 문이 열린다. 척~철썩. 순식간에 공포의 기운에 잠긴다. 아침부터 뺨 때리는 소리로 교실이 요란하다. 왜 맞았을까. 그러나 '왜'라는 물음을 절대로 내뱉어서는 안 된다는 걸 알고 있다. 도리어 禍禍를 부르는 행위가 되어 다시 부메랑으로 돌아오니까. 종아리와 엉덩이를 회초리로 맞는 것도 억울한데 손으로 뺨을 맞는 일은 수치스러움을 넘어 참담하다. 절벽에서 뛰어내리고 싶은 심정이다. 단지 복도에서 뛰었다는 이유만으로, 준비물을 가져오지 않았다는 이유로, 친구와 수다를 떨었다는 이유로 손은 禍禍의 노예로 전락한다. 소위 X세대라 불리던 때까지 흔하게 겪는 일이었고 아무도 반기를 들지 않았다. 그땐 그런 시절이었으니까 하는 시절 탓으로 돌리고 만다. 하지만 그런 일은 현재 진행형이다. 그 우악스러운 손으로 아이의 뺨을 때리고 약한 자의 뺨을 때리고 짓밟는 행위가 매일매일 벌어진다. 고통에 세뇌당한 뇌는 손을 무기력하게 만들어 아무것도 하지 못한다. 그저 방어하기만 할 뿐. 손은 학대가 시작되는 곳이다. 머리보다 먼저 손이 움직인다. 이제 손은 뇌의 명령을 따르지 않는다. 뇌는 고장 난 채로 손의 명령을 따른다. 손의 노예다. 때리는 시늉만 해도 움찔거리며 공포에 휩싸이게 하는 손. 절대로 착한 기운으로 돌아설 수 없다. 마침내 두 손이 차가운 쇠사슬로 채워지기 전까지. 맨 먼저 선악과에 손을 댄 최초의 감각. 그래서 손은 처음 잡은 감각의 기운을 쉽게 떨쳐내지 못한다. 습관이 되기 전에 끊어내지 않으면 손은 처음의 감각으로 가는 걸 멈추지 못한다.

어느새 우리의 아침이 손가락 터치에서 시작되는 것처럼. 소셜네트워크에 접속하는 순간 '이모티콘'의 노예가 된다. 계절마다 꽃이 쏟아지고 구름이 쏟아지고 울음이 쏟아지기도 한다. 무표정한 얼굴로 '좋아요'를 누른다. 감정이 이모티콘에서 나오고 손으로 전달된다. 손가락 터치 하나로 세상이 열리고 순식간에 지옥이 열린다. 손가락 하나로 수억의 돈을 날리기도 하는 세상이다. 손은 뇌의 명령대로 움직이는 것 같지만 실은 저 혼자 이탈하기를 좋아한다. 신체 하나하나에 달린 촉수들마저 자신들의 미래를 향해 고군분투한다. 그들도 새로운 세계에 적응하고 자신만의 독자적인 한계에 도전하며 진화를 시도하기 위함이다. 그렇게 신체의 모든 영역은 퇴화하지 않고 하나의 이름으로 존재하기 위해 부단히 애쓰는 중인지도 모른다. 손은 어디까지 할 수 있을까. 폭력과 다정의 얼굴로 운명을 쥐고 흔드는 일까지. 손가락에서 끊임없이 이야기와 음악이 흘러나오고 때론 피가 흘러넘치기도 한다. 손은 많은 걸 알고 있다. 보이지 않는 곳에서 끊임없이 내면의 말들을 흘린다. 지문이 생겨난 이유다.

그 손을 잡았을 때 얼마나 축축하게 젖어있었는지. 그래서 그는 처음에 손을 잡지 않으려 했다. 손에 땀이 너무 많아서. 콤플렉스가 되어버린 손을 아무도 잡으려 하지 않는다고. 그 손을 잡는 순간 여자들은 마음이 차갑게 식어버린다고. 닦고 또 닦아도 땀이 멈추지 않는다고. 그러고 보면 손은 참 많은 말을 한다. 땀이 나는 증상도 차갑게 얼어버리는 증상도. 무심코 팔짱을 낀다거나 턱을 괸다거나 주먹을 쥔다거나 손을 흔드는 모습도 차마 입 밖으로 꺼내지 못하는 내면의 말을 대신하는 증상이다. 그러니까 우리는 표정을 읽는 것보다 손을 읽는 것이 관계를 이어나가는 데 훨씬 도움이 될지도 모른다. 그렇다고 손을 그렇게 꽉 쥘 필요는 없잖아요. 되도록 정치인들과는 악수하지 않는 게 좋지만.

아직 다 하지 못한 말

    손목터널증후군입니다. 의사는 나에게 그렇게 진단을 내렸다. 키보드를 누를 수 없을 정도의 통증이 몰려왔다. 섬에서 살다 다른 지역으로 일을 보러 가거나 여행을 가게 됐을 때 우리나라에 터널이 그렇게 많은 줄 몰랐다. 가도 가도 터널이었다. 산을 깎고 벼랑을 깎고 숲을 깎아내려 만든 인공 굴이다. 문명은 조금 더 편하게 사람의 길을 내려고 자연을 이용한다. 자연스러움이 인공적으로 바뀌는 순간이다. 숲은 사라지고 산도 절반이 무너지고 언덕은 이름마저 지워진다. 제1터널, 제2터널, 터널은 계속 이어지고 갑자기 숨이 막혀온다. 터널로 들어서는 순간 가슴이 조여오면서 숨이 막힌다. 수시로 밖과 안을 드나드는 통에 멀미가 나 영혼은 이미 가출한 상태. 정착지인 손으로 가는 기차는 갑자기 덜컹 덜컹거리다 선로에 그대로 멈춰선다. 그 자리에서 하염없이 코스모스가 피고 선로에서 손을 잡고 사진을 찍는 연인들을 지켜보았다. 점점 잠은 녹이 슨 채로 까무룩하다 희미해진다. 이제 이 역에서 내리는 사람은 없었다. 폐허가 되어가는 순간 누군가 흔들어 깨운다. 손끝이 조금씩 움직이기 시작했다.

    멈춘 손을 읽어보려고 손금을 보러 갔다. 어떻게 그 실금들이 내가 살아온 길이라는 걸 증명하는지. 손금이 어디로 뻗어있고 어떻게 갈라지는가, 어떤 모습으로 끊겨있는지의 형태로 과거와 현재, 미래까지도 읽어내는 것인지. 자식은 셋쯤 낳겠고 이혼을 할 수도 있겠고 고집이 좀 센 편이죠?

돈은 들어오는데 모이지는 않네요. 두뇌는 명석한 편이고 예술적인 감각이 있네요. 단명할 일은 없겠어요. 반은 맞고 반은 틀린 것 같지만 대충 비슷하다고 퉁친다. 어차피 삶은 거기서 거기인 일들이 왔다가 가니까. 좋은 건 믿고 싶고 틀린 건 잊고 싶으니까. 대충 비슷한 걸 맞다고 우기는 일이니까. 그래도 손금을 믿고 싶은 건 불안에서 벗어나고 싶은 마음 때문이다. 사주를 보거나 점을 보는 행위도 불안을 덜어보려는 심사니까. 인체의 신비를 과학적으로도 다 밝혀낼 수 없는 걸 보면 운명을 아주 미신의 세계로 던져놓는 것도 아니다. 예상하지 못한 일이 벌어졌을 때 그것이 기적 같은 일이었을 때 어떻게 설명할 수 있을까. 그렇게 사람은 사람을 더 믿는 일로 이어지기도 하니까.

  내 손은 늘 차가웠다. 머리에서는 내려놓았다고 하지만 손에서는 여전히 결핍이 묻어있었다. 사계절 냉기가 손에서 떠나지 않았다. 어릴 때부터 축적되어온 결핍이 끊임없이 내 손에서 터져 나왔다. 그것이 시가 되고 산문이 되었다. 어떻게 내 손에서 그런 말들이 흘러나오는 걸까 의심스러울 정도로. 손끝에서 흘러나오는 악다구니들을 가라앉히고 쓰다듬으며 다시 둥글게 만들려고 애썼다. 날카로운 언어를 쓸수록 마음이 피폐해진다는 걸 알았으니까. 썼다 지우는 날들을 반복하며 손끝은 조금씩 무뎌졌다. 결핍은 그 자체라는 걸 인정하게 되는 순간 손끝은 무감각으로 대응한다. 빨간 종이 줄까, 파란 종이 줄까 하고 덥석 올라오는 손을 그러거나 말거나로 무시한다. 뜨거운 프라이팬에서 손으로 음식을 뒤집는 일도 아무렇지 않다. 지문이 조금씩 지워지면서 감각은 서서히 텅 빈 허공을 지향한다.

이제 무엇을 써야 할까.

눈을 떠보니 어느새 겨울이다. 겨울은 주머니에도 손이 필요한 계절. 비어있는 호주머니에 손을 찔러넣고 걷는다. 손을 치우자 두 발이 소리를 낸다. 손은 발이 내는 소리에 꼼지락거리며 참견한다. 주머니 밖으로 나오지 않으면서 쉴 새 없이 쫑알거린다. 그런 손을 다른 손이 잡는다. 손에서 움찔거리는 무엇인가가 흐른다. 냉탕과 온탕을 번갈아 가면서도 온기가 많은 쪽으로 가려는 두 손의 맞닿음. 손과 손은 잠시 아무 말이 없다. 손에서 흘러나오던 언어들이 일시에 멈췄다. 하나의 주머니에 두 손이 포개어질 때 사랑이다. 말하지 않아도 들리는 말. 손은 그렇게 또 마음을 붙잡는다.

얼굴 _

        어디에서 온 걸까. 이 얼굴은. 무심코 거울에 비친 초췌하고 주름진 얼굴과 맞닥뜨렸다. 철저하게 숨겼다고 생각했는데 어느새 내가 거기 흘러나와 있었다. 지리멸렬한 얼굴이 나를 쳐다본다. 갑자기 정체를 들켜버린 가면은 어찌할 줄 몰라 안절부절못하다 거울을 부순다. 나는 나에게, 나를, 너무 오래 가둬놨거나 갇혀있었던 걸까. 거울이 없으니 나도 사라졌다. 너무 가까워서 내가 없는 듯 나를 못 본 척 살았던 걸까. 그리스 신화 속 우로보로스는 자신의 꼬리를 먹어치우는 형상이다. 용 또는 뱀과 비슷한 형태로 원형적인 완전함과 순환의 의미를 담고 있다. 생명 혹은 존재의 상징적 의미는 태어나는 순간 자신을 조금씩 갉아먹으며 끝을 향해 달려가는 시작인지도 모른다. 자신이 결국 자신을 먹어치움으로써 완전해질 수 있다는 말인가. 자고 일어나니 몸통은 사라지고 어느새 꼬리만 남은 시간. 인생의 팔할은 잃어버린 몸통을 찾아 헤매다 겨우 꼬리를 발견하는 건 아닐까.

　겨울인데 계절을 되감는 따사로운 12월 초. 무작정 떠난 곳이 경주다. 왜 하필 경주냐고 친구들은 입을 모았다. 수학여행쯤이나 다녀갈 곳이라는 의미였다. 나 또한 경주를 두어 번쯤 다녀오긴 했다. 그런데도 갔다 왔다고 말할 수 없는 이상한 분위기를 지녔다고 해야 할까. 옛 신라의 이미지만으로 경주를 떠올리기엔 뭔가 아쉬운 구석이 늘 가슴 한편에 남아있었다. 놓친 게 많았거나 제대로 보지 못했다는 아쉬움 같은 것들이. 천 년이라는 시간의 뒷면을 천천히 걸어가다 보면 지리멸렬한 내 삶에 한 줄기 이유라도 얻지 않을까 하는 뭐 그런 희망을 품고 찾아간 곳이기도 하다. 제주에서 한 시간 남짓 날아 대구 공항에 도착했다. 미리 검색해 둔 경로를 따라 버스에 올라탔다. 차를 빌리지 않고 두 발로 경주의 속살을, 나를 걸어 볼 셈이다. 차창 밖으로 옛 기와지붕이 보이고 한 시간 만에 경주에 도착했다.

　경주시외버스터미널 근처에 숙소를 잡았다. 가까운 곳에 젊은 세대들에게 인기를 끈다는 황리단길이 있었고 주변 유적지와도 가까웠다. 그 길에서 늦은 점심을 먹고 주변을 걸었다. 신라의 보물들이 가는 길마다 이정표처럼 놓여 있어 길을 잘못 들어도 실패할 확률은 없어 보였다. 눈앞에 커다란 능들이 비로소 섬을 떠나온 것을 실감 나게 했다. 권력의 높이만큼 우뚝 솟은 무덤. 묘지라는 이미지에서 오는 괴리감이 없을 만큼 이곳과 자연스럽게 흐르고 있었다. 과거는 현재와 같은 이름인지도 모른다. 꽤 오랜 시간이 흐른 뒤에야 우리는 어제를 어제처럼 느끼기도 하니까. 우리의

　다시 만날 것처럼 헤어졌다

얼굴도 시간이 훨씬 지난 뒤에야 현재의 얼굴을 자각한다. 몇 년 전에 여기 왔을 때만 해도 능 앞에 앉아 사진을 찍었었는데 지금은 들어갈 수 없게 철책을 쳐 놓았다. 그때의 사진 속 나는 커다란 능에 가려 개미처럼 작아 보였다. 인간이 쌓아놓은 거대한 욕망을 본다. 살아있을 때 누렸던 삶을 죽은 후에도 누리고 싶은 욕망. 지금은 화장문화로 점차 무덤이 사라지는 추세지만 여전히 우리는 죽음 이후의 삶을 추앙한다. 종교가 그 역할을 대신하는지도 모르고.

경주의 옛 이름 신라는 불교의 나라답게 가는 곳마다 불상과 마주한다. 신라가 부처였고 부처가 곧 신라인 나라. 그 많은 조각상이 신라를 지켰을까. 가장 늦게 불교를 받아들인 신라는 삼국통일 이후 이방인들을 하나로 모으기 위한 정치적 목적이었다. 하지만 갈수록 불교는 교리나 정신보다 정치적이고 권력적으로 변해간다. 맹목적인 믿음은 미신으로 흐르거나 판단을 흐리기 마련이다. 그것은 결국 한 나라를 무너뜨리는 발목으로 전락한다. 역사를 배제하고 걸을 수 없는 길이 경주다. 잊었던 과거의 이야기들이 두루마리 휴지처럼 둘둘 말려있다 가는 곳마다 풀어 헤쳐지는, 시간의 얼굴을 본다. 그런 생각을 하며 걷다가 내가 지금까지 경주의 내면을 떠올리지 못한 건 경주 남산에 오른 적이 없었기 때문이라는 사실을 뒤늦게 깨달았다. 관광객으로서 최소한의 일정만 소화했던 것이었다. 예전엔 왜 몰랐을까. 누군가의 뒤꽁무니만 쫓아다니는 삶을 살고 있었던 걸까.

오늘 나는 누구의 얼굴로 살고 있나

그런 생각으로 여행 마지막 날 아침 경주 남산으로 향했다. 남산을 오르는 방법에는 여러 갈래 길이 있다고 했다. 비교적 쉽게 올라갈 수 있는 삼릉길을 택했다. 입구에서 얼마 가지 않아 처음 마주친 보물이 얼굴 없는 부처상이다. 갑자기 뒤가 서늘해져 손으로 슥 내 목덜미를 만져볼 정도로 강렬한 이미지였다. 없음으로 인해 있음의 실체를 떠올리다니. 像은 인간이 만들어낸 모습이다. 지구에 사는 수많은 다른 얼굴들. 그 얼굴은 서로를 구분 짓고 구분하는 기호가 되기도 한다. 존엄성을 따지면서도 차별을 부르짖는. 그렇다면 얼굴이 없다는 건 어떤 의미일까. 그런 구분조차 어리석고 부질없는 짓이라는 걸 이미지로 표현하는 건 아닐까. 각자의 얼굴로 각자의 삶을 살아간다는 것. 인간이라는 존재의 방식이나 관습은 오히려 망각의 자세를 취하기도 한다. 머리와 가슴이 따로 노는 행동 같은 것 말이다. 반복과 망각으로 세워진 길. 수만 번 그 길을 걸어가는 것이 인간이라는 생각에 갑자기 걸음이 무거워졌다.

그렇게 뻐근한 내 안의 울림을 들으며 곳곳에 숨겨진 부처상을 만났다. 이 산 전체가 부처의 거처인 듯했다. 무엇이 그들을 이토록 집착에 이르게 했을까. 간절한 마음만으로 만들어낸 허상이라고 하기엔 부족한 느낌이 들었다. 인간의 얼굴이면서 아닌 것 같기도 한, 인간을 이끄는 힘. 알 수 없는 어떤 기운들이 그들을 이 험한 암석에까지 이끌었을까. 이런 질문은 나를 향한 물음이었다. 나 또한 부처를 찾아 여길 올랐으니. 인간이 인간이게 하는 어떤 작용들. 존재가 존재이기를 갈망하는 통과 의례적인 관습들. 석상에 새긴 부처의 얼굴은 어쩌면 우리가, 내가 보고 싶은 환영幻影일지도 모른다. 그래서 부처상 앞에 서면 부끄럽고 옹졸한 내 속을 들킨 것 같아 얼굴이 붉어진다. 그렇게 우리가 믿는 존재는 나를 비추는 거울에 가까울 때 진짜 힘을 발휘한다. 반성과 성찰로 나를 바꾸는 일, 그것이 기적이 아니라면 무엇일까. 나에 대한 진실은 오직 나만 알고 있다. 물론 그렇게까지 해서 나에게서 찾고 싶은 이미지는 뭘까 하는 허무주의에 빠질 수도 있다.

물을 바라보다 자신의 이미지와 사랑에 빠진다는 나르키소스와 누구도 자신의 이미지와 사랑에 빠지지 않는다는 오이디푸스. 여성인 에코는 "나는 에코예요, 나를 만족시킨 나 자신의 이미지가 타자의 눈에 비치는 걸 보고 싶어요"라고 말한다. 인간은 이미지와 떼려야 뗄 수 없는 불가분의 관계인지도 모른다. 어떤 모습으로든 자아와 이미지는 실체와 허상이라는 연결고리로 이어진다. 우리는 그런 이미지를 그림자라고 부르기도 한다. 무라카미 하루키의 소설 『도시와 그 불확실한 벽』에서도 그림자가 등장한다. 그림자는 오히려 벽에 갇힌 자아를 밖으로 끌어내려는 의지를 보인다. 도시라는 거대한 습관에서 주인공 '나'가 빠져나오길 바라는 눈치다. 물론 '나' 역시 그런 노력을 하지 않는 건 아니다. 그러나 그림자는 죽고 그림자 없는 '나'만 벽 안의 도시에서 '오래된 꿈'을 읽는 이로 살아간다. 인간은 스스로 자신을 볼 수 없다. 거울을 통해서 타인을 통해서 나를 본다. 하지만 그게 정말 나인지는 알 수 없다. 불확실성 속에서 살아가야 하는 존재. 어쩌면 그림자만이 인간이 자신을 내려다볼 수 있는 유일한 순간은 아닐까. 경주에 와서 경주 남산에 와서 비로소 나는 나의 '그림자'를 내려다본다. 경주 남산을 코스별로 다 올라보지 않고서 경주를 봤다고 말할 수 없는 것처럼 나를 제대로 보지 않고서 나라고 할 수 없겠다는 생각이 들기도 했다.

어쩌면 지금까지 나는 나의 허상과 동거의 자세를 취했는지도 모른다. 그 허상이 밖으로 내비치는 얼굴로 나타난 것일 뿐. 하루하루 내가 쌓여 만들어지는 얼굴. 흔히 오십이 되면 자기 얼굴에 책임을 져야 한다고 말한다. 하지만 나는 아직 내 얼굴을 똑바로 바라볼 수 없다. 내려놓지 못하고 너그럽지 못하고 베풀지 못한 나를 본다. 후회는 항상 뒤에 와서 얼굴을 붉힌다. 그러나 되돌릴 수 없는 시간. 경주에서 과거의 나와 현재의 나의 조우를 통해 지금의 나를 다시 바라보게 되었다. 그러고 보면 얼굴은 늘 바깥이다. 바깥을 통해 안으로 들어온다. 바깥 날씨에 따라 내 기분도 흐렸다 맑아진다. 생명이 취하는 형식은 나를 둘러싼 세계를 표상하는 방식의 산물이라는 사실을 다시금 떠올린다. 나를 둘러싼 그 세계를 고스란히 내 얼굴에 묻힌 채 걷는다. 바깥은 수많은 얼굴의 표상이자 곧 나 자신들의 열망이기도 하다. 1월은 허공에 새 거울을 내다 거는 시간. 그 바깥에 당신이 서 있다. 언제쯤 타인은 스스로 나 자신이 될 수 있을까.

고수 _

....

몇 해 전 여름, 점심을 먹기 위해 베트남 쌀국수를 한다는 한 프랜차이즈 식당에 간 적이 있다. 들어서자마자 지금도 잊히지 않는 어떤 향이 콧속으로 맹렬하게 뛰어들었다. 처음 맡아보는 자극적인 냄새였다. 나는 강한 호기심이 일었다. 당연히 쌀국수를 시켰고 난생 처음 쌀국수 위에 얹은 파릇한 채소의 맛을 알게 되었다. 톡 쏘는 듯 자극적인 향이 오히려 입맛을 끌어당겼다. 나는 그 채소를 더 달라고 했다. 그 뒤로 나는 그 푸릇한 채소에 꽂혔다. 자꾸만 내 주위를 맴도는 자극적인 향이었다. 과학적으로는 특이한 유전자로 인해 그 채소를 비누나 샴푸 냄새로 느끼는 사람도 있다고 한다. 오이 냄새를 싫어하는 사람과 비슷한 경우라고 한다. 또 누구는 지독하게 비리다고 코를 틀어막기도 한다. 우리나라에서는 빈대 냄새가 난다고 해서 빈대풀로 불린다고도 한다. 채소에서 빈대 냄새가 난다고 하니 어쩐지 입맛이 뚝 떨어지는 느낌이 든다. 하필 빈대라니. 어쨌든 빈대는 잊어버리자. 솔직히 내 주변에도 이걸 좋아하거나 먹는 사람은 드물다. 아니 거의 없다고 해야 맞다. 딱 한 명만이 즐길 줄 알았다. 그 채소의 이름이 바로 고수다. 고수가 들어간 음식이 먹고 싶을 땐 그 친구를 불러야 했다. 참 이상도 하지. 선택적 낯가림과 예민함으로 똘똘 뭉친 내가 처음 만난 고수에 흠뻑이나 빠지다니. 그것도 아주 깊이, 첫눈에 반해버린 사람처럼.

제주에도 고수와 비슷한 채소가 있다. 고수가 미나리과에 속한다면 양하는 생강과에 속하는 여러해살이풀이다. 비교적 키우기 쉬워서 집 마당이나 주변 남는 공터에 심었다. 이파리가 크고 무성해서 비 올 때면 이파리에 또르르 굴러가는 빗방울을 한참 쳐다보곤 했다. 빗물을 두 손으로 고이 받아먹는 포즈랄까. 양하는 살짝 데쳐서 무쳐 먹거나 장아찌로 먹거나 요리할 때 같이 넣기도 했다. 꽤 자극적인 향이 난다. 먹을거리가 많이 없던 시절엔 거의 김치처럼 밥상에 자주 올라오는 음식이기도 했다. 하지만 나는 그 향이 너무 싫었다. 질긴 껍질을 씹는 것 같은 식감도 별로였다. 요즘엔 건강 식단으로 불리면서 인기를 얻고 있다고 하지만 여전히 내 입엔 맞지 않았다. 웬만한 향신료는 다 좋아하는 편이지만 양하는 왠지 나와 인연이 없는 향이라고 할까. 알고는 지내지만 인연이 잘 닿지 않은 사람처럼.

그런데 참 이상하게 양하를 좋아하는 사람도 고수는 싫어한다는 거였다. 왜 그럴까. 내가 양하를 싫어하는 이유와 같은 걸까. 고수라는 식물 자체가 우리나라가 원산지가 아니라서 입맛에 길들이지 않은 까닭일까. 서로의 입맛 때문에 사소한 실랑이가 벌어지기도 한다. 그런 이유로 고수와 양하는 국적을 다투는 오해로 변질되기도 한다. 단지 맛을 떠나 서로의 감각기관에 대한 무관심과 오기로 얼룩져버리기도 한다. 입맛과 인간관계의 상관관계도 무시할 수 없는 지점이라는 생각이 든다. 만남은 대체로 밥을 먹는 자리로 이어지고 식성과 성격을 묘하게 연결지어 친밀도를 높이거나 낮추는 계기가 되기도 하니까.

그러고 보면 후각은 꽤 많은 기억과 연결되어 있다. 사랑하는 사이에도 후각은 친밀감을 촉진하는 매개체가 된다. 특히 살 냄새가 그렇다. 인간은 저마다 고유의 냄새를 지닌다. 후각은 뇌의 신경기관과 연결되어 있어 한 사람을 오랫동안 기억에 꽁꽁 묶어두는 역할을 한다. 오래전 한 TV에서는 부부가 출연해서 냄새로 서로의 짝을 찾는 프로그램이 있었다. 오랫동안 서로의 냄새에 익숙해졌으니 금방 찾아낼 수 있지 않을까. 별 재미 없는 프로그램이라고 생각했었다. 하지만 자주 스킨십을 하거나 후각이 예민한 사람이라면 모를까 가족이라고 서로의 냄새를 아는 경우는 드물었다. 서로에게 익숙해지면 호기심은 사라지고 존재한다는 이유만으로 살아간다. 인간의 냄새, 어쩌면 그건 친밀한 관계의 밀도를 나타내는 가장 최측근인지도 모른다. 하지만 시청자들에게 보여주기 위한 관계나 쇼윈도 부부였다면 금방 들통이 날 수도 있는 순간이었다. 아마 섭외할 때도 그런 점을 고려하고 출연자들에게 미리 얘기했을 가능성이 높다. 자칫 예능 프로그램이 뉴스거리를 제공할지도 모르니까.

물론 재미를 제공하기 위해 우왕좌왕하거나 갸우뚱거리는 모습, 웃음

코드를 위해 짜여진 연기를 선보이기도 했다. 그 외에도 눈을 가리고 신체를 만지면서 자신의 짝을 찾는 프로그램들이 꽤 있었다. 단순한 것 같지만 우리의 감각기관이 관계 형성에 어떤 영향을 미치는지 생각해 볼 수 있는 시간이었다. 나는 나와 가까운 사람의 냄새를 기억하고 있나? 촉감만으로 알아낼 수 있을까? 새삼 감각을 깨운다는 건 고도의 집중과 관심으로 그 사람을 내 기억에 스며들게 만드는 일이라는 걸. 그래서 바람이 불고 비가 오고 눈이 내릴 때면 어디선가 나에게로 아슴아슴한 날아드는 향기가 느껴지는 거라고 믿고 싶다. 꽃보다 더 진하고 향기로운 사람의 기억이라고.

다시 만날 것처럼 헤어졌다

작고 아름다운 점

고수의 꽃말은 지혜와 아름다운 점이라고 한다. '아름다운 점'이라는 꽃말에 이끌린다. 고수 꽃이 작아서 생긴 이름이기도 하겠다. 별처럼 작은 점. 베란다 화분에 고수를 심은 적이 있었다. 내버려 두었더니 금세 꽃이 피었다. 작고 청초한 얼굴이었다. 채소에 꽃이 핀다는 건 채소로써의 기능을 다했다는 말이기도 하다. 채소는 꽃이 피기 전 여릴 때 수확을 하니까 꽃을 볼 일이 거의 드물다. 식물의 우월성은 꽃이 필 때지만 우리 입으로 들어가는 채소의 존재감은 꽃이 피기 전까지다. 꽃보다 잎과 줄기로 상품성을 따지기 때문이다. 고수가 가진 '아름다운 점'은 연예인들의 트레이드 마크인 복점과 비슷하게 들린다. 2% 부족한 걸 채워주는 힘. 완벽한 아름다움이란 어쩌면 그 작은 점에 있는지도 모른다. 눈에 띄지 않지만 없으면 허전한 것. 우리 삶의 기쁨도 그렇게 아주 작고 사소한 것에서 비롯된다. 어느 날 발견한 길모퉁이의 제비꽃이나 이마를 스치는 기분 좋은 바람, 말없이 엄지 척을 해 주는 사람, 기댈 수 있는 어깨를 빌려준다거나 힘내라고 밥 사주는 사람, 넘어졌을 때 손을 잡아주는 사람, 그렇게 내 존재 이유와 가치를 느끼게 해 주는 사람 말이다. 살아있다는 것, 사랑한다는 건 아마 그렇게 보이지 않은 작은 아름다움이 어디선가 우리를 지켜보며 토닥토닥 끌어안기 때문이 아닐까.

고수는 지금 한창 꽃이 필 때다. 아무도 모르는 곳에서 자신만의 아름다운 점을 하늘하늘 피워올리고 있다. 어쩌면 희미하게 존재의 기억을 지워가고 있는지도 모른다. 존재는 잊힐수록 강해지니까. 그래서일까 꽃에서는 고수의 그 특이한 향기가 느껴지지 않는다. 꽃보다 잎이 강한 향을 품고 있다는 말이다. 어쩌면 뿌리에서 밀어 올린 기억의 힘. 젖 먹던 힘까지 밀어 올려 살고자 했던 의지. '열매는 한여름 빛의 기억이라서 태울수록 커피는 반짝거리고 그 기억을 마셨으니 잠들 수 없지(...중략) 빛을 먹고 푸르게 타는 걸 식물이라고'(고명재, 『아름과 다름을 쓰다』중). 이 시를 읽으며 식물의 힘은 '빛의 기억'에 스며든 향이 아닐까 생각했다. 고수는 어떤 빛의 기억이길래 이토록 혀에 사무치게 지워지지 않는 향일까. 아슴아슴하다 간질간질하다 혀끝까지 저릿해지는 먼 기억의 신화가 펼쳐지기도 하는 향이라니.

다시 만날 것처럼 헤어졌다

커피 _

아주 오랫동안 차를 몰았다고 생각했다. 도착한 곳엔 내 키보다 더 큰 선인장들이 성큼한 손을 흔들고 있었다. 내가 사막에 온 걸까? 잠시 생각하는 사이 무엇인가 내 앞을 휙 스쳐 지나갔다. 동물이었는지 새였는지 별똥별이었는지 모를 어떤 물체였다. 궁금할 새도 없이 건조하고 메마른 날씨에 어디선가 낮은 음계의 바람이 몰려오고 있었다. 슬픈 목소리였다. 한 남자가 바오밥나무에 기대어 마두금을 연주하고 있었다. 어미 낙타는 갓 출산을 했는지 지친 얼굴로 새끼와 떨어진 곳에 웅크리고 있었다. 새끼는 어미젖을 빨려고 달려들었으나 계속 어미 발길에 차였다. 낙타는 새끼를 출산한 뒤에 상실감이 너무 큰 나머지 새끼를 돌보지 않을 때가 있다고 한다. 그때 어미 낙타 곁에서 마두금을 연주하면 어미의 눈에 눈물이 맺히면서 새끼에게 젖을 물린다고 한다. 새끼가 어미 젖을 빨면서 메마른 사막엔 활기가 돌았다. 어린 낙타는 혼자 일어서려다 넘어지기를 반복하면서 두 다리를 곧추세우고 사막을 바라본다. 여길 살아가야 할 운명적 빛과 마주한다. 아직은 알 수 없는 떨떠름한 표정의 모래바람. 사막에서 살아남기 위한 첫 발걸음이 시작됐다. 피부를 뚫고 어떤 날씨가 몸속으로 스며드는 걸 느끼면서.

별안간 어린 낙타는 나를 등에 태우더니 휘적휘적 어디론가 걸어갔다. 가도 가도 모래뿐인 사막을 넘어가자 넓은 평야에 붉은 열매들이 주렁주렁 매달린 풍경이 펼쳐진다. 표지판엔 탄자니아라고 적혀 있다. 나를 그곳에 내려두고는 오던 길로 되돌아갔다. 하늘에 걸린 태양의 심장에 화살이 꽂혀 있다. 대지 위로 뚝뚝 떨어지는 붉은 핏자국들. 너무 뜨겁거나 너무 고통스럽거나 나무의 옆구리마다 상처로 곪은 흔적들이 보였다. 먼 곳에서 보면 신기루처럼 화사한 풍경. 나는 그 빛에 취해 흙빛으로 내려앉은 그림자를 아무 생각 없이 짓밟고 지나간다. 붉은 열매를 따는 사람들의 얼굴이 흙빛으로 일그러지는 줄도 모르고. 성큼한 손으로 열매를 따서 말리고 볶느라 허공은 연기에 시달렸다. 상큼하다거나 달콤하다기보다 열매를 태우는 지독한 냄새다. 한참 온도에 시달린 열매는 붉은 얼굴을 잃었다. 마치 순식간에 뒤바뀌는 운명처럼. 내 의지가 아닌 生이 수두룩하게 서쪽으로 붉게 번진다. 노동의 대가는 정직하지 않지만 어쩔 수 없는 생계의 연속이다. 쓴맛은 언제나 뒤에 오는 것처럼. 탄자니아 피베리 커피를 마시는 오전, 반쯤 찔린 태양에서 흘러내린 즙이 목구멍을 타고 내려가면서 강렬하게 심장을 태운다. 꿈이었는지 먼 전생의 나였는지.

커피 한 잔을 내리는 시간은 3분 30초, 300ml 기준이다. 커피는 외부 환경을 많이 타는 기호품이다. 그날의 날씨, 습도, 바람, 내리는 사람의 기분 까지도 영향을 받는다. 물줄기와 물의 양도 커피 맛을 결정하는 기준이 된다. 100℃의 물인지 80℃의 온도인지에 따라서도 커피 맛은 확연히 달라진다. 물맛도 커피 맛을 좌우하는 변수이다. 핸드드립 바리스타 공부를 하면서 알게 된 사실이다. 집에서 내려 마시던 커피에 대한 검증을 해보고 싶었다. 카페를 차릴 것도 아니지만 커피는 내가 궁금한 것 중 하나다. 나는 내 관심사와 취향에만 시간과 정성을 쏟는다. 누군들 안 그렇겠는가마는. 그래서 다리가 짧다. 문어발처럼 여러 관계에 발을 뻗지 못한다. 요즘은 특히 에너지를 많이 쓰고 싶지 않다는 생각이 더욱 간절해졌다. 그냥 최대한 가만히 혼자 있고 싶다. 커피 한 잔 내려놓고 바닥에 떨어지는 햇빛이나 마냥 주웠으면 한다. 곁에 붙는 바람과 고른 숨으로 대화하며 멀리 눈 닿는 구름에 마음을 흘려보내고 싶은 생각이 간절하다.

꿈을 부르는 열매

내가 맨 처음 커피를 마신 날이 언제였더라. 초등학교 아니 중학교 때였나 아무튼 성인이 되기 전에 커피라는 유혹에 가담했다. 아이들에겐 금기 식품이라는 사실이 오히려 호기심을 증폭시켰다. 도대체 어떤 맛이 어른을 살게 하는 맛일까 하고. 아이들은 몰라도 된다는 어른들의 세계. 미리 알아서 좋을 것 없다는 세계. 금기는 호기심을 불러일으키는 최고의 단어다. 어쨌든 내가 처음 마신 커피는 지금과는 다른 맛이다. 여닫이문이 달린 텔레비전 안에 커피와 프리마, 설탕을 넣어 두던 시절이었다. 기억은 자주 시간의 왜곡과 뒤섞여 물풀처럼 계곡의 물살을 훑는다. 잡힐 듯 잡히지 않는 기억은 혀의 감각까지 왜곡한다. 그저 호기심 맛이다. 달고 쓰고 시고 매운 맛이 아닌 감각 기관 바깥에서 느끼는 맛이다. 아마 처음 느껴본 맛이었겠지만 지금의 혀는 현재에 익숙해진 나머지 기억 속 그 시간에 느꼈던 맛을 재현해내지 못한다. 어쨌든 첫 커피는 내 혀를 길들였고 그 후로도 몰래 커피를 훔쳐 마시는 버릇은 계속됐다. 내 혀는 그렇게 커피라는 세계에 매혹당했다.

어떤 장소에 가려다 사정이 생겨서 가지 못하게 된 것은 사람을 놓쳤다는 말이다. 더 이상 이어질 인연이 아니라는 뜻이다. 비가 억수같이 쏟아져서, 태풍이 길을 집어삼킬 듯해서, 눈이 허리까지 잠겨서라는 변명을 해봐도 달라질 게 없다. 한 번 때를 놓친 사람은 다시 만날 기회가 거의 없거나 없다. 어떻게든 이어질 뻔한 끈을 놓친 것이다. 사람과 사람 사이를 잇는 끈이 시작되는 곳을 우연이라고 인연이라고 부르는 걸까. 그러나 끈을 놓친다고 해서 달라지는 건 별로 없다. 물론 그 끈이 우리를 전혀 다른 곳으로 데려다주었을지도 모를 일이지만. 살면서 사람 사이에도 온도와 농도가 있다는 생각을 한다. 끈이 닿지 않는다는 건 농도 조절에 실패한 것인지도 모른다. 우리의 혀는 익숙한 농도를 기억하고 그 농도를 벗어나면 뱉어버리는 것처럼. 사람은 어떤 농도로 서로를 기억하고 길들이는 걸까. 가장 깊고 환한 농도가 사랑에 빠졌을 때는 아닐까. 창백했던 푸른 점을 뚫고 강렬한 빛 하나가 길게 운명의 화살을 쏘아 올리는 것처럼.

아침은 어떤 루틴의 시작이다. 눈 뜨자마자 물을 마시거나 커피를 내리거나. 또 젊은 시절의 루틴과 중년의 아침 루틴은 달라지기도 한다. 죽어도 아침을 못 먹을 것 같았던 루틴도 어느 날 아침을 먹어야만 하루가 시작되는 루틴으로 바뀌기도 한다. 저녁형이 아침형 인간으로 바뀌기도 하는 것처럼. 밤에만 쓰던 시를 아침에 일어나 쓰게 되는 것처럼. 내가 그렇게 바뀌었다는 얘기다. 나의 아침은 두 개로 나뉜다. 첫 번째 아침은 단순히 뇌를 깨우기 위해 커피를 마시는 시간이다. 커피 맛을 음미하기보다 뇌를 깨우는 시간이다. 카페인 성분이 몸속으로 침투해서 신체에 기지개를 켜게 한다. 이 시간엔 별다른 뇌를 쓰지 않는다. 인터넷 뉴스를 보거나 소셜 네트워크를 뒤적거리거나 한다. 소득이 없을 때도 있지만 번쩍이는 문장들이 가끔 출몰하기도 한다. 이런 시간이 시가 오는 길이다. 무엇이든 내가 되기 위해서는 길을 열어주어야 한다. 내가 여기 서 있다는 걸 알리기 위해서는.

두 번째 아침을 위해 다시 커피를 내리고 커피 향을 음미한다. 주로 에티오피아나 파푸아뉴기니를 마신다. 두 종류의 커피를 블랜딩해서 마시기도 한다. 신맛과 단맛이 어우러지면서 깊은 숲에 든 기분이 든다. 온갖 생명체들이 각자의 역할극이 시작된다. 새는 나뭇가지 위를 날아다니며 소리를 내고, 땅속에선 뿌리들의 힘찬 펌프질이 시작된다. 벌레들은 열심히 잎을 갉아 먹고, 나뭇잎은 하루하루 기온을 잰다. 어디든 기어 다니며 자신의 길을 내는 동물들, 쿵쿵대며 벌레를 잡아먹는 동물들. 눈을 감는다. 눈을 감으면 커피 향과 맛이 온몸을 휘감으며 생각이라는 동물을 끄집어낸다. 혀끝에서 야생이 어슬렁거리며 걸어오고 있다.

다시 만날 것처럼 헤어졌다

칼국수 _

눈이 내릴 것 같은 하늘이다. 여기저기 다른 지역에서는 눈 소식이 들려왔지만 섬엔 올 듯 말 듯 감질나다 말짱해지곤 했다. 싸락눈과 우박만이 잠시 다녀갔을 뿐. 이런 날씨엔 칼국수 생각이 난다. 마침 집 가까운 곳에 칼국숫집이 있기도 했고. 집에 혼자 있기도 하고 집밥도 물리고 해서 칼국수나 먹으러 나갈까 하는 생각이 들었다. 그런 생각만 했지 선뜻 실천에 옮기지 못하고 뭉그적댔다. 가까운 거리여도 5분 정도는 걸어야 하고, 세수도 해야 하고 옷까지 갈아입으려니 갑자기 귀찮아졌다. 또 그 넓은 식당에 혼자 덩그러니 앉아 음식을 기다리며 스마트폰이나 들여다볼 생각을 하니 점점 더 내키지 않은 쪽으로 흘렀다.

물론 나는 혼자 밥 먹는 일에 남 눈치를 보거나 부끄럽다거나 그런 생각은 하지 않는다. 공부할 때 도서관 다니면서도 혼자 먹었고, 학교에서도 수업 끝나고 종종 혼자 학교식당을 이용한다. 내 주변엔 아직도 절대로 혼자 식당에 못 간다는 사람들이 있다. 쭈뼛거리는 마음이 싫은 것이기도 하겠거니와 무슨 맛으로 먹냐는 것이다. 혼자 먹어야 할 때는 아예 굶거나 집에 가서 먹는다는 사람도 많이 보았다. 밥 한 끼 먹는데 남 눈치까지 봐야 하냐고 핀잔을 주지만 나도 처음부터 아무렇지 않았던 건 아니다. 혼자 밥을 먹으려고 식당에 들어갔을 때 당연히 쭈뼛거렸고 시킬까 말까 고민도 했었다.

그런데 둘러 보면 혼자 먹는 이들이 꽤 있다. 어떤 눈치도 보지 않고 오로지 자신의 음식에 집중한다. '그래 까짓것 내가 굶는다고 누가 알아주는 것도 아닌데 뭘' 그런 생각을 하니 오히려 혼자 먹는 것도 꽤 근사한 생각이 들었다. 어쨌든 그 모락거리는 온도의 뜨끈한 칼국수를 먹고 싶은 마음은 굴뚝 같았으나 몸이 따라주지 않았다. 서두를 이렇게 길게 내뺀 것도 같은 이유다. 그렇게 갈까 말까로 쉴 새 없이 나를 괴롭히다 정오가 한참 지나서야 대충 고양이 세수를 했다. 모자를 푹 눌러쓰고 줄레줄레 칼국숫집으로 향했다. 바깥으로 나오자마자 기다렸다는 듯 칼바람이 얼굴로 냅다 달려들었다. 지금쯤이면 익숙해질 만한데도 매몰찬 섬 바람이 가끔 몸서리치듯 싫어질 때가 있다.

적응이라는 말은 어쩌면 환경적 수단을 찾기 위한 억지가 아닐까 하는 생각이 든다. 자연스럽지 못하니 우린 결국 그에 맞는 언어를 찾아내는 것이 아닌가. 문명 이래 필요에 따라서 우리는 언어를 만들어내고 언어를 도구처럼 사용하고. 기본적인 욕망조차 언어로 규정하고 그 틀에 인간을 끼워 맞추는 건 아닌가. 나라는 인간 역시 그런 언어의 도구인지도 모른다는 쓸데없는 생각에 빠져 있을 때쯤 칼국숫집에 도착했다. 점심때를 넘겨서 그런지 빈자리가 눈에 들어왔다. 그리고 이 시간엔 혼자 먹는 사람들도 꽤 있는 편이다. 이상한 눈초리로 바라보는 사람도 없고 김 나는 면발을 후루룩거리며 먹는 데에만 집중할 뿐이다. 그런 점이 마음에 든다. 혼자 음식을 먹는다는 건 오로지 먹는다는 행위에만 집중할 수 있다. 인간의 기본욕구가 이토록 거룩한 것이었나 하는 생각마저 들 정도로.

칼국숫집 하면 한 여자가 떠오른다. 물론 나와 친분이 전혀 없는 사람이다. 그날은 남편과 칼국수 집에 갔던 날이다. 그때도 겨울이었고 지금보다 더 추운 날이었다. 우리는 칼국수와 찐만두 하나를 시키고 음식이 나오길 기다리고 있었다. 그때 땡그랑 종소리와 함께 한 여자가 문을 밀치고 들어섰다. 한눈에 보기에도 보통 사람 같아 보이지 않았다. 겨울과 여름을 한 몸에 두른 채였다. 위에는 겨울 외투를 걸치고 아래는 맨살이 드러난 종아리에 여름 샌들을 신고 있었다. 들어서자마자 여자는 무슨 말인가를 혼자 중얼거렸다. 사람들의 시선이 그 여자에게로 쏠렸다. 그녀는 자리에 앉기도 전에 익숙하다는 듯 식당 자판기에서 커피를 한 잔 뽑아 들었다. 그리고는 다시 무슨 말인가를 중얼거리면서 커피를 들고 주변을 왔다 갔다 했다. 커피를 홀짝거리면서. 그러더니 갑자기 큰소리로 화를 내기 시작했다. 거의 울음에 가까운 목소리였다. '그러면 어떻게 하란 말이니? 방에서 안 나오면'. 그러더니 또 애타게 '하느님'을 찾으면서 기도를 올리기도 했다.

여자는 어쩌다 여기까지 오게 된 걸까. 어쩌다 혼자라는 중얼거림에 갇히게 된 걸까. 범상치 않은 중얼거림과 흐느낌과 호통이 뒤섞인 그녀의 일상. 벗어날 수 없는 생각과 언어들. 그녀에게 바깥은 없었다. 그녀를 바깥으로 꺼내 줄 사람이 없었거나 꺼내 줄 힘이 없었을지도 모른다. 언어에 갇혀버린 사람. 언어에서 빠져나오지 못한 사람의 모습을 본다. 얼마나 진저리나는 삶이었기에 그토록 집요하게 갇혀버린 걸까.

다시 만날 것처럼 헤어졌다

거룩한 한 끼

　'미쳤다'라는 말의 두 얼굴을 본다. 어떤 하나에 몰두할 때 우리는 미쳤다고 한다. 미쳤다는 말의 주어와 대상은 다르겠지만 나를 그 안에 가뒀다는 말이기도 하다. 바깥이 없는 삶. 주위를 돌아보지 못하고 그 안에 갇혀버린 삶. 창살 없는 감옥이라는 말과 비슷하겠다. 어떤 목표에 도달하기 위해 어떤 하나에 집착하는 방식. 긍정적인 결과를 위해 달릴 때의 모습이다. 목표를 이뤘을 때 집착에서 빠져나올 수 있다. 하지만 목표를 이루지 못했을 때는 그 안에 매몰된 채 헤어나오지 못하는 사람들도 있다. 우리는 그들은 폐인이라 부르기도 한다. 사람이 자신이 만든 벽에 갇혀버리는 일. 잡힐 듯 잡히지 않는 무지개 같은 너머. 부정적인 삶의 테두리를 벗어나지 못할 때도 벽은 재빠르게 등장한다. 인간의 한계를 벗어나 떠돌이별처럼 자신의 정체성을 잃어버리는 곳. 어디로 가야 나를 구원해 줄 누군가를 만날 수 있을까. 바깥으로 나와도 햇볕이 아니다. 혼란스러운 생각에서 벗어나지 못하면 여전히 지옥의 그늘이다. 혼돈의 카오스에 휘말린 채 휘적휘적 걸어갈 때마다 블랙홀로 자꾸만 빨려든다. 살고 싶다고 외쳐도 아무도 그 소리를 듣지 못한다. 손가락질하거나 힐끔거리며 구경할 뿐. 어쩌면 그녀는 칼국수보다 자신을 구원해 줄 누군가를 만나러 여기 왔을지도 모른다. 어딘가에 자신을 햇볕 쪽으로 끌어내어 앉혀 줄 누군가를 만나기 위해 그렇게 거리를 쏘다니는지도 모른다. 그때 먹은 칼국수가 그 여자 눈빛에 걸린 채 내내 넘어가지 않았다.

　칼국수를 떠올리면 생각나는 집이 하나 더 있다. 몇 년 전 친한 동생과 서울 여행을 갔을 때다. 마침 첫눈이 내렸고 길상사에 가기 전에 점심을 먼저 먹으려고 성북동에 들렀다. 여기저기 두리번거리다 왠지 오래돼 보이는 칼국숫집이 눈에 띄었다. 나이 지긋하신 할머니와 할아버지 부부가 운영하는 식당이었다. 할머니는 칼국수를 뽑고 있었고, 할아버지는 테이블로 음식을 나르고 계셨다. 식당 안은 사람들로 가득 차 있었지만 다행히 자리를 잡고 앉을 수 있었다. 칼국수에 파전을 시켰지 아마. 배고픔이 밀려올 때쯤 칼국수가 나왔다. 그런데 어디서도 보지 못한 양념장이 딸려 나왔다. 어떤 맛일까 하고 칼국수에 양념장을 얹어 먹어보았다. 탄성이 절로 나온다는 말이 이런 순간일까. 와~대체 이건 무슨 맛이지? 한 번도 느껴보지 못한 맛이었다. 우린 먹을 때마다 감탄사를 연발했다. 그 겨울이, 그 여행이, 그 분위기가 한데 어우러져 칼국수를 먹는 내내 뭔가 알 수 없는 기분이 온몸을 휘감았다. 웬만큼 맛을 보면 비슷하게 만들 수 있는데 이 양념장은 흉내조차 낼 수 없을 것 같았다. 계산을 치르고 나오면서 양념장 비법을 묻고 싶었지만 차마 묻지 않았다. 만약 알려준다고 해도 집에 와서 먹었을 땐 그 맛을 느끼지 못했을 테니까. 남겨둬도 괜찮을 맛 하나쯤은 추억으로 간직해도 좋으니까. 어떤 맛은 그 장소를 벗어나면 다른 맛으로 변질되기도 한다. 그런 경우 그 맛은 기억에서도 영원히 사라져버린다.

　여러 생각이 스치는 가운데 칼국수가 나왔다. 칼국수 종류는 많지만 가

　　　　　　　　다시 만날 것처럼 헤어졌다

장 기본 메뉴다. 다시마를 우려낸 국물에 감자와 호박을 썰어 넣은 슴슴한 맛을 내는 칼국수다. 누군가에겐 거룩한 한 끼일 수도 있는 칼국수 한 그릇. 이 겨울이, 우리가 사는 삶이, 그렇게 칼국수 한 그릇처럼 담백하고 뜨끈하게 넘어갔으면 좋겠다.

사유악부 산문선 03

다시 만날 것처럼 헤어졌다

초판1쇄 발행 2025년 5월 25일

지은이   김효선
펴낸이   이지순

편집   성윤석   **디자인** 디자인무영
제작   뜻있는도서출판
    경남 창원시 성산구 반송로 149 205호
    전화 055-282-1457
    팩스 055-283-1457
    이메일 ez9305@hanmail.net

펴낸곳   사유악부
    (사유악부는 뜻있는도서출판의 현대문학 임프린트입니다)

ISBN   979-11-989617-5-4   03810

JFAC 제주문화예술재단
Jeju Foundation for Arts & Culture

이 도서는 제주문화예술재단 2025 예술인창작활동지원사업에
선정되어 제작되었습니다.